Xenia Gold

von Martin A. Bodden

Martin A. Bodden

Xenia Gold

Die magischen Spiegel der Zwischenwelt

Bibliografische Information der Deutschen
Nationalbibliothek: Die Deutsche Nationalbibliothek
verzeichnet diese Publikation in der Deutschen
Nationalbibliografie; detaillierte bibliografische Daten sind
im Internet über http://dnb.dnb.de abrufbar.

Herstellung und Verlag: BoD – Books on Demand,
Norderstedt

ISBN: 9783754347201

XENIA GOLD

von Martin A. Bodden

"Wer an den Spiegel tritt, um sich zu ändern, der hat sich schon geändert." Lucius Seneca (4 v. Chr. - 65 n. Chr.)

Kapitel 1 – Hinter dem Spiegel

Ein alter Pick-Up Truck ratterte über die buckelige Piste in Richtung Sonnenuntergang. Neben dem Feldweg verlief ein Strang rostiger Gleise, die seit Jahren keinen Zug mehr gesehen hatten. Am Horizont tauchte ein einsames Haus am Rand der Bahnstrecke auf. Es sah verlassen und unheimlich aus.

Als Xenia ihren Truck mit quietschenden Bremsen zum Stehen brachte sah sie aber, dass in der Küche noch Licht brannte. Sie nahm ihre Arbeitshandschuhe und den Werkzeuggürtel und schlug die schwere Autotür zu. Die makellos gold-glänzende Aufschrift "Glen's Spiegel Wunderland" stand in krassem Kontrast zu ihrem verbeulten alten Geländewagen.

Xenia stieg die Treppen hinauf, die unter ihren Stiefeln knirschten und knarzten und zog die Klingelschnur, woraufhin einige Glocken bimmelten. Sie hörte Geräusche aus der Küche. Teller und anderes Porzellan wurden scheppernd beiseite gekramt und schlurfende Schritte näherten sich der Tür. Eine alte Frau öffnete.

"Ja?" fragte sie.

"Ich komme von Glen's Spiegel Wunderland. Wir haben vorhin telefoniert", sagte Xenia.

"Ach natürlich!" erwiderte die alte Frau und öffnete die Eingangstür, um sie einzulassen.

"Bitte kommen sie doch herein, junge Dame!

Sie knipste das Licht an und Xenia betrat das Wohnzimmer. Die alte Frau musterte sie etwas verwirrt, denn Xenia entsprach in ihren schweren Stiefeln, der Latzhose und der Kappe auf dem Kopf nur wenig ihrem Bild einer jungen "Dame". Sie winkte und Xenia folgte ihr. Die Werkzeuge an ihrem Gürtel klapperten, als sie gemeinsam die Treppe hochstiegen.

Die alte Frau öffnete die Tür zu ihrem Schlafzimmer und ging in Richtung Fenster, wo der von einem Bettlaken verhüllte Spiegel stand. Sie entfernte das Laken. Xenia pfiff anerkennend und sagte:

"Wow! Ein toller alter Spiegel!"

Die Frau stimmte ihr zu:

"Nicht wahr? Die Schnitzereien sind sehr hübsch."

Der Spiegel war mannshoch und schien nahtlos aus einem einzigen Stück Holz geschnitzt zu sein. Er war trotz seines Alters nicht angelaufen und Xenia spiegelte sich makellos in der silberhellen Oberfläche.

Rund um die Spiegelfläche rankten sich Ornamente aus Pflanzen- und Tiermotiven, die so detailliert waren, dass sie fast lebendig wirkten. Xenia war ehrlich begeistert aber bremste ihren Enthusiasmus für die Preisverhandlung.

"So etwas habe ich noch nie gesehen", musste sie allerdings zugeben. Und sie strich entzückt mit den Fingern über das polierte Ebenholz.

Die alte Dame schimpfte:

"Und mir steht er nur noch im Weg. Die Zeiten, wo ich mich gerne im Spiegel betrachtet habe, sind lange vorbei."

"Und wie viel wollen sie dafür haben?" erkundigte sich Xenia.

Die Frau überlegte und gab dann zu:

"Darüber habe ich noch nie wirklich nachgedacht. Was denken sie denn, was er wert ist?"

"Ich kann ihnen jetzt Hundert dafür geben. Er ist zwar wirklich sehr schön, wird aber schwierig zu verkaufen sein. Heutzutage stellt sich niemand mehr solche monstermäßigen Ankleidespiegel ins Haus."

"Wissen sie, ich bin froh, wenn er endlich rauskommt. Ich akzeptiere!"

Xenia verbarg ihre Überraschung, denn sie hatte mit zäheren Verhandlungen gerechnet. Ein antiker Spiegel mit den kunstvollsten Schnitzereien, die sie jemals gesehen hatte - für hundert Scheine. Onkel Glen würde begeistert sein! Äußerlich tat sie gelassen, während sie den Spiegel in Filzdecken einschlug und für den Abtransport vorbereitete. Sie holte die Sackkarre vom Auto und bugsierte den Spiegel ganz vorsichtig, Stufe für Stufe, die Treppe hinunter.

Als sie endlich alles auf der Ladefläche festgezurrt hatte, war es tiefste Nacht und über ihr glänzte ein schier endloser Sternenhimmel. Ein paar Zikaden zirpten, ansonsten war es still. Xenia wischte den Schweiß von der Stirn und bezahlte die alte Frau. Müde aber zufrieden machte sie sich zurück auf den Weg zu Onkel Glen.

Kapitel 2 - Onkel Glen

Die schwachen Lampen des alten Geländewagens erhellten kaum die Auffahrt zu "Glen's Spiegel Wunderland", aber Xenia konnte den Weg auch im Dunkeln oder mit geschlossenen Augen finden. Dutzende Schilder wiesen darauf hin, dass man auch Möbel und andere Antiquitäten, sowie "Americana" - Erbstücke aus dem Civil War - im Angebot hatte. Xenia kannte jedes Schlagloch auf dem Weg und umfuhr sie behutsam. Als sie vor dem Lager hielt und hupte, kam Onkel Glen aus dem Haus. Kauend und mit einem Sandwich in der Hand begrüßte er sie.

"Xenia Schatz, was bringst du mir heute Schönes?" fragte er.

"Ich hab den Star für deine Sammlung gefunden! Willst du mal sehen?"

Onkel Glen deutete auf sein Sandwich.

"Komm erst mal rein und iss' was! Du hast doch sicher den ganzen Tag wieder nur geschuftet."

Xenias Magen knurrte in diesem Moment so laut, dass sie beide darüber lachen mussten.

"Stimmt!" sagte sie und folgte ihm ins Haus.

Am runden Küchentisch saßen sie einander gegenüber und Xenia strich Erdnussbutter auf eine Scheibe Toast. Onkel Glen beobachtete sie dabei und störte nicht ihre Konzentration, während sie die Oberfläche des Toasts perfekt gleichmäßig bestrich.

"Deine Tante wäre so stolz auf dich!" sagte er plötzlich.

Verdutzt blickte sie zu ihm herüber.

"Was meinst du damit?"

"Einfach alles, Xenia. Wir sind sicher nicht die Eltern, die du verdient hast. Aber deine Tante Isa und ich haben dich immer geliebt. Du bist das Beste, was uns je passiert ist! Ich hätte mir nur gewünscht, sie hätte deinen einundzwanzigsten Geburtstag noch erleben können..."

Xenia war gerührt und zugleich verwirrt. Sie stand auf und sie umarmten einander. Sie ließ ihn los und sah ihn besorgt an. Onkel Glen holte ein großes Stofftaschentuch heraus und schnäuzte sich geräuschvoll.

"Was ist denn los mit dir?" fragte sie. "Ist irgendwas passiert?"

Er wischte sich die Tränen weg und steckte das Tuch wieder ein.

"Ich bin in letzter Zeit manchmal nicht ganz ich selbst, entschuldige bitte!"

Er stand auf und nahm eine große Flasche Mandelmilch aus dem Kühlschrank und goss ihnen beiden ein. Sie stießen an.

"Prost Kleine!"

"Prost Dicker!"

Xenia trank durstig und hatte einen weißen Schnurrbart, als sie wieder aus dem Glas auftauchte. Ihr Onkel lachte und deutete auf seine Oberlippe. Sie wischte sich den Milchbart ab und biss hungrig in ihr Sandwich. Mit vollem Mund sagte sie:

"Ich werd' mal den Spiegel auspacken. Du wirst bestimmt begeistert sein!"

"Soll ich dir dabei helfen?" fragte er.

"Nein, warte lieber und lass' dich überraschen. So einen Spiegel hat Glen's Spiegel Wunderland noch nicht gesehen!"

"Dann lass mich dir wenigstens beim Abladen helfen!"

Er aß die letzte Ecke Brot und wischte sich die Hände an der Hose ab. Dann folgte er Xenia, die schon auf dem Weg hinaus war. Gemeinsam beförderten sie den verpackten Spiegel auf die Sackkarre und schoben ihn behutsam ins Lager.

"Husch, husch! Ich ruf' dich später!" sagte sie, scheuchte ihn aus dem Raum und schloss die Schiebetüren.

Xenia begann die Filzdecken vom Spiegel zu schälen. Sie entfernte Lage um Lage und der kolossale Spiegel kam wieder zum Vorschein. Mit dem Finger strich sie über die Ornamente. Im hellen Licht des Lagers waren sie noch detaillierter anzusehen, als in dem dunklen Haus.

"Wahnsinn!" sagte Xenia zu sich selbst und ging um den Spiegel herum. Sie stutzte.

Verblüfft blickte sie hinein, denn sie konnte sich zwar selbst im Spiegel sehen. Doch ansonsten spiegelte sich darin kein Wunderland-Lager, sondern immer noch das Schlafzimmer der alten Frau. Xenia legte den Kopf schief, denn sie glaubte ein Flüstern zu hören, das aus dem Spiegel kam.

"Was ist das?" Sie trat einen Schritt näher heran und berührte die Oberfläche. Plötzlich leuchtete der Spiegel hell wie die Sonne und blendete sie. Xenia erstarrte, denn sie bekam die Hand nicht mehr los. Mit Entsetzen beobachtete sie, wie ihre Hand durch die Spiegelfläche sank und sie mit sich zog.

"Onkel Glen!" rief sie in Panik, als die andere Seite des Spiegels an ihr zerrte. Sie stemmte ein Bein gegen den Holzrahmen und schaffte es mit aller Kraft, die Hand ein wenig heraus zu ziehen. Doch dann wurde sie mit einem einzigen Ruck ganz in den Spiegel hinein gezogen.

Kapitel 3 - Limbo

Xenia stürzte auf der anderen Seite auf einen groben, feuchten Steinboden. Sie federte den Fall mit beiden Händen ab und atmete schwer. Einen Moment lang konnte sie zurück durch den Spiegel blicken und sah ihr Zuhause. Sie erkannte das Lager, wo sie vorhin noch den Spiegel ausgepackt hatte. Xenia beobachtete, wie Onkel Glen den Raum betrat und nach ihr suchte.

"Hilfe", rief Xenia, "Onkel - was ist passiert? Wo bin ich?"

Er konnte sie nicht hören und rief seinerseits nach ihr. Das Portal schloss sich rasch und sie stand jetzt vor einem identischen Spiegel. Nur, dass dieser gar nicht leuchtete und seine Oberfläche stumpf war. Xenia hämmerte mit den Händen gegen den matten Spiegel und ihre Schläge hallten dumpf durch das finstere Gewölbe. Es war zwecklos.

Sie gab auf und hörte plötzlich Bewegung in dem dämmerigen Halbdunkel um sie herum. Diffuse Lichter kamen näher und machten ihr das Ausmaß der riesigen Höhle, in der sie gelandet war, deutlich. Überall schien es Korridore und Durchgänge zu geben und sie hörte Geräusche, die wie das Getrippel vieler kleiner Füße klangen.

Plötzlich sah sie die Spinnen! Ihre runden Hinterkörper waren halb durchsichtig und leuchteten bläulich. Auf langen dunklen Beinen, an denen Widerhaken steckten, staksten sie in Xenias Richtung. Sie schrie vor Schreck auf, hielt sich die Hand vor den Mund und rannte weg. Entsetzt sah sie, dass auch die ganze Decke des Gewölbes in Bewegung war. Hunderte der riesigen Leuchtspinnen wimmelten dort über- und durcheinander und seilten sich an Leuchtfäden zu ihr hinab.

Da hörte sie aus der Dunkelheit eine weibliche Stimme, die sanft ihren Namen rief:

"Xenia – folge meiner Stimme! Sonst bist du verloren!"

"Wer bist du?" rief Xenia. "Und wo bist du?"

"Später! Schnell jetzt – wir haben keine Zeit!"

Xenia tat, wie ihr geraten wurde und gelangte bald auf einen schmalen Steg, eine Art Steinbrücke.

Gelblich leuchtende Pilze wuchsen hier an der Felswand und spendeten zumindest ein wenig Helligkeit. Die Spinnen kamen näher, doch Xenia floh vor ihnen über die Brücke und erkannte dann, dass sie sich auf einem antiken Aquädukt befand, das einen Halbkreis durch die ganze Höhle beschrieb. Überall um sie herum rauschte und tropfte das Wasser. In der dunklen Tiefe unter ihr schienen sich mehrere Wasserfälle in einem See zu vereinen. Sie hatte keine Zeit. Entschlossen folgte sie einem schmalen Weg, der vom Viadukt abzweigte und steil bergab führte.

Immer steiler ging es hinab und Xenia fiel hin und rutschte auf dem glitschigen Boden weiter. Rings um sie herum tasteten Spinnen über die Ränder des Aquädukts und kletterten unsicher daran herunter. Einige purzelten übereinander und fielen wie verglühende Funken in die Tiefe. Immer tiefer ging es und es wurde dunkler und dunkler. Xenia bremste mit den Füßen, als würde sie Schlitten fahren.

Doch schließlich war die Rutschpartie zu Ende und sie rappelte sich wieder auf und lief weiter. Das Zischen und Getrappel der Spinnen über ihr wurde immer bösartiger und hektischer. Endlich meldete sich die körperlose Stimme wieder:

"Stop!" befahl sie und Xenia hielt an.

Die Stimme schien jetzt von tief unter ihr zu kommen. Xenia erkannte, dass sie am Rand eines Abgrunds stand.

"Wenn ich es sage, dann musst du springen! Du musst mir vertrauen, nur dann kann ich dich in Sicherheit bringen!"

"Aber ich sehe doch gar nichts!" protestierte Xenia.

Ihr ging langsam die Puste aus und die Stimme forderte von ihr einen Glaubenssprung über einen dunklen Abgrund. Sie tastete sich kniend an den Rand der Steine heran und fand die Abbruchkante. Über ihr schwoll das Geräusch des Wassers zu einem Rauschen an und der Boden bebte unter ihren Füßen, während sich eine dunkle Flutwelle durch das Aquädukt ergoss und die meisten Spinnen mit sich riss.

"Spring!" verlangte die Stimme mit Nachdruck und Xenia zögerte keine Sekunde länger. Sie nahm ein paar Schritte Anlauf und tat einen Sprung ins Unbekannte. Vor sich sah sie nur Leere und Dunkelheit. Xenia schrie sich frei von ihrer Furcht vor dem Abgrund und sie überwand ihn.

Sie landete wieder hart auf einer Plattform aus Stein, aber sie war in Sicherheit. Xenia drehte sich um und wich vor der Welle zurück. Denn hinter ihr kam die Flut und brachte Hunderte Leuchtspinnen mit sich. Fast alle stürzten hilflos in den Abgrund, den Xenia übersprungen hatte. Das Wasser riss sie mit und sie zogen einander gegenseitig in die Tiefe. Xenia beobachtete, wie die Lichter unter ihr immer kleiner wurden und verschwanden. Sie stand erneut in der Dunkelheit.

"Danke!" sagte sie. "Und was jetzt?"

"Vor dir ist eine Tür," sagte die Stimme, "geh' hindurch!"

Xenia tastete sich auf allen Vieren vorwärts und fühlte schließlich das kühle Metall eines großen Tors. Sie musste ihre ganze Kraft aufbringen und stemmte sich mit beiden Händen gegen das Metall, bis beide Flügel gleichzeitig nachgaben und die Doppeltür aufschwang, während irgendwo in der Wand Ketten rasselten. Ein verborgener Mechanismus sorgte dafür, dass sich die Türen ganz öffneten, ohne dass Xenia noch etwas tun musste. Von der anderen Seite wurde sie durch helles Licht geblendet und hielt schützend einen Arm vor ihre Augen.

Langsam ging sie vorwärts und hinter ihr schloss sich der Eingang wieder und fiel krachend zu. Durch eine Öffnung hoch oben in der Decke strahlte ungefiltert helles Sonnenlicht herein. Kleine Insekten tanzten am Rand des Lichtstrahls. Xenias Augen gewöhnten sich schnell an das Licht. Sie atmete auf. Vor sich sah sie einen einzigen uralten Baum, der nur noch wenige trockene Blätter hatte. Er stand auf einer Plattform von der Größe einer Scheune, die ringsum in die Tiefe abzufallen schien. Seine Wurzeln gruben sich in ein quadratisches Beet voller tiefbrauner Erde. Xenia ging näher und rief:

"Hallo? Bist du hier?"

Sie ging zum Baum, stellte sich neben ihn und badete erleichtert im Licht.

"Ich habe im Limbo keinen Körper", antwortete die Stimme.

Xenia schloss die Augen.

"Und wer bist du?" fragte sie.

"Mein Name ist Danai. Ich sehe die Welt durch die Spiegel aber ich sehe immer nur ein winziges Stück davon. Ich habe dich beobachtet, Xenia. Durch jeden Spiegel in den du jemals geblickt hast. Ich habe gewartet, bis du in den richtigen Spiegel siehst — den Einzigen, der dich hierher bringen konnte..."

"Dann ist es deine Schuld, dass ich hier gelandet bin?" fragte Xenia, in einem Anflug von Wut.

"Das ist vielleicht wahr!" gab Danai zu. "Aber ich wusste keinen anderen Weg. Es passiert so selten, dass ein Mensch die Fähigkeit besitzt, durch den Spiegel zu gehen. Ich habe Hunderte Jahre darauf gewartet."

Xenia hatte sich im Kreis gedreht und war um den riesigen Baum herumgelaufen, doch die Stimme war wirklich körperlos. Sie schien von überall her zu kommen.

"Und was ist das Limbo? Wo sind wir?" fragte sie.

Danai sagte:

"Es ist weder ein Ort für die Lebenden, noch für die Toten. Hier gelten keine der Regeln aus deiner Welt. Wir sind beide Gefangene hier!"

"Was meinst du damit? Wie komme ich hier wieder raus?"

"Ich will es dir gerne erklären - geh zwanzig Schritte hinter den Baum, dort findest du einen Tunnel im Boden."

Xenia suchte danach und fand die Öffnung sofort. Sie war fast kreisrund und in etwa so groß wie ein alter Brunnen.

"Was jetzt?" fragte sie.

"Geh' hindurch!" verlangte Danai.

"Wie soll ich das machen, ich habe kein Seil!"

"Du wirst nicht runterfallen! Stell' einfach einen Fuß auf die Wand und geh' vorwärts."

Xenia blickte zweifelnd die fast senkrechte Steilwand hinab in die Dunkelheit.

"Das kann ich nicht!"

Danai ermutigte sie:

"Doch, du kannst! Hab keine Angst."

Sie holte tief Luft und tankte Mut.

"Ich möchte dir vertrauen...aber das ist völlig verrückt!"

Sie machte trotzdem den ersten Schritt und dann noch einen und stand plötzlich auf der Wand. Was ihr eben noch als Abgrund erschienen war, war jetzt ein gewölbter Boden und aus dem Loch war ein Tunnel geworden.

"Sehr gut!" lobte Danai. "Das Erste, was man hier unten braucht, ist einen festen Glauben an das Unmögliche!"

Xenia ging weiter. Sie tastete sich vorwärts und der Weg war frei. Schritt für Schritt ging sie voran, bis sie wieder Licht sah. Das Ende des Tunnels flackerte im Schein von Fackeln. Bald erreichte Xenia den Rand und blickte in einen kreisrunden Raum hinab. Sie kletterte aus dem Tunnel und ließ sich auf den Boden fallen.

Der Raum war groß und kühl und es roch nach Wasser, das hier glänzend an den Wänden herunterlief. In eisernen Leuchtern brannten bläuliche Gasflammen, die von versteckten Leitungen im Inneren der Wände gespeist wurden.

"Nimm dir ein Scheit." riet Danai. "Dort liegen getrocknete Äste."

Tatsächlich lag dort ein ganzer Stapel abgebrochener Äste, die trocken und brüchig waren und uralt zu sein schienen.

"Auf dem Altar stehen Kerzen. Zünde sie mit dem Scheit an!"

Xenia holte sich Feuer von einer der Flammen und zündete nacheinander die vier großen Kerzen an, wie es ihr gesagt wurde. Sie erschrak heftig, als vor ihr auf dem Pult ein Gesicht auftauchte.

Dort lag ein ledergebundenes Buch, das ein menschliches Antlitz hatte. Es sah aus wie ein mürrischer alter Mann. Die Augen waren geschlossen, aber der Mund stand offen - und es schnarchte!

"Das ist Nomi, das magische Buch, dessen Fluch mich hierhergebracht hat", erklärte Danai. "Er schläft, also sorge dich nicht! Setz dich, wärme dich am Feuer, während ich dir meine Geschichte erzähle."

Xenia setzte sich auf einen hölzernen Hocker, der vor dem Pult stand und hörte Danai zu:

"Vor langer Zeit lebte ich mit meinen Eltern in einem strahlenden Königreich. Mein Vater war König und meine Mutter Königin. Sie waren stets gerecht und gut, und jeder liebte sie. Doch die Schwester meiner Mutter war nie zufrieden. Sie bekleidete den Rang der Hofmagierin und suchte im ganzen Land nach einem Buch, das ihr endlose Macht geben sollte."

"Dieses Buch etwa?" fragte Xenia und deutete auf Nomi.

"Ich komme gleich dazu!" sagte Danai und erzählte weiter:

"Die Magierin war gefürchtet für ihre Launen. Und sie wurde immer wütender, als niemand ihr das Buch bringen konnte, oder auch nur zu sagen vermochte, wo es sich befand.

Bald darauf wurde ich geboren und meine Eltern waren damit beschäftigt, mich und meine Ankunft im Königreich zu feiern. Eine Parade unserer Ritter und Edelmänner wurde zu meinen Ehren abgehalten. Eine Woche lang wurde im ganzen Land gefeiert und gelacht. Die Einzige, die durch diese Feierlichkeiten noch griesgrämiger und bösartiger wurde, war die Hexe. Sie säte überall

Missgunst und stiftete die Menschen zu Schlägereien und Streit an. Und eines Tages fanden meine Eltern sie über mich gebeugt, mit einem Dolch in der Hand. Die Hexe sagte, mein Blut werde sie unsterblich machen.

Bevor sie den Dolch in mein kleines Herz stoßen konnte, griff mein Vater ihren Arm und entwaffnete sie. Er stieß sie in ein Verlies, wo sie blieb, bis man wusste, was mit ihr geschehen sollte. Wochenlang, monatelang saß sie im Kerker und ihr Herz wurde vollständig schwarz. Und alles, was sie wollte, war Rache für ihre Erniedrigung.

Ihre Schwester, die Königin, hatte ein gutes Herz und flehte den König an, sie am Leben zu lassen. So wurde sie nur verstoßen. Und am Tag, als sie aus dem Kerker kam, waren ihre einst weißen Kleider schmutzig und zerrissen, so dass die Menschen sie als Dunkelhexe verspotteten. Sie wurde ins Exil geschickt und sollte niemals wiederkommen."

"Das ist 'ne ziemlich lange Geschichte", unterbrach Xenia, "ich nehme an, die Hexe kam trotzdem zurück?"

"Oh ja! Fürchtet die Macht der Verstoßenen! Denn die Jahre gingen ins Land und aus mir wurde eine Prinzessin, die im ganzen Land vergöttert wurde. Doch an meinem sechsten Geburtstag kehrte die

Dunkelhexe zurück. Sie trug noch immer dasselbe Kleid, nur, dass es inzwischen pechschwarz und tausendfach geflickt war. In der Hand hielt sie das Zauberbuch, wonach sie unablässig gesucht, und das sie schließlich gefunden hatte. Sie zog eine Spur aus schwarzem Rauch hinter sich her und versteckte darin ihr Gefolge aus lichtscheuen Dämonen. Durch das Buch hatte sie die Macht alles und jeden, der sich ihr in den Weg stellte, in Stein zu verwandeln.

Sie kam in den Thronsaal, als ich gerade meine Geschenke auspackte und sie hatte diesen Spiegel im Gepäck. 'Ein Geschenk für euer Gnaden!' sagte sie und stellte den Spiegel vor meinen Eltern auf. Meine Eltern erkannten die Gefahr zu spät. Die Hexe begann aus dem Buch zu lesen und sprach einen Zauberspruch. Mein Vater und die königliche Garde griffen zu ihren Schwertern, doch sie waren zu Stein geworden, bevor sie ihr auch nur einen Schritt nähergekommen waren.

'Und damit dieser Fluch niemals rückgängig gemacht werden kann, streue ich seine Seiten in die vier Winde und durch alle Zeiten.'

So endete ihre Beschwörung. Und die Hexe riss vier Seiten aus dem Buch und warf sie durch den leuchtenden Spiegel.

Ich schämte mich, weil ich solche Angst hatte. Aber als die Hexe die vierte Seite aus dem Buch riss und sie durch den Spiegel warf, sprang ich auf und stahl ihr das Buch aus den Händen. Doch das konnte meine Eltern nicht retten. Stattdessen geriet ich selber in den Sog des Spiegels und wurde mit dem Buch hineingezogen. Ich wurde Teil dieses Spiegels und seiner Welt und das Portal schloss sich hinter mir, während das wutverzerrte Gesicht meiner bösen Tante immer kleiner wurde. Ich konnte ihren Schrei noch lange hören, während ich durch die Finsternis fiel. Es gab keinen Weg zurück aber auch hier, im Limbo, existiere ich nicht ganz. Ich selbst bin unfähig den Fluch zu brechen und die vier verlorenen Seiten zu finden. Aber wenn du mir hilfst, können wir beide diesen Ort verlassen – unsere Schicksale sind miteinander verwoben."

"Was muss ich tun? Wie kann ich dir – uns - denn helfen?" fragte Xenia.

"Heb' das Buch auf! Es wird Zeit, ihn zu wecken!"

Xenia stand auf und hob das Buch mit beiden Händen hoch. Es war leichter als es aussah. Und kaum, dass sie es hochgehoben hatte, schloss sich der Mund schmatzend und gähnte dann lange und ausgiebig, bevor sich die Augen öffneten und sie verwirrt und missmutig betrachteten.

"Was ist? Warum weckst du mich?" fragte Nomi mürrisch.

Xenia starrte ihn nur verblüfft an und wusste nicht, was sie antworten sollte.

"Es...spricht!" murmelte sie.

"Hallo? Spreche ich vielleicht undeutlich? Was willst du?"

"Ich möchte, dass du mir hilfst, Buch."

"Buch? Wen nennst du Buch? Ich heiße...ja, wie heiße ich nochmal?"

Danai schaltete sich ein.

"Er ist etwas verwirrt, seitdem die Seiten herausgerissen wurden. Man muss Geduld mit Nomi haben!"

"Nomi, genau! Das ist mein Name!" triumphierte das Buch. "Und ich bin ganz alleine darauf gekommen!"

Xenia sah ihn verdutzt an.

"Du meinst, er ist dement?" fragte sie Danai.

"Er ist das älteste Buch der Welt. Da kann man schon mal was vergessen."

Plötzlich rief Nomi panisch:

"Ich kann meine Beine nicht spüren!"

Xenia antwortete lachend:

"Du hast keine Beine, Dummchen – du bist ein Buch!"

"Das würde ich aber wissen!" entrüstete sich Nomi. "Mit Sicherheit würde ich das wissen!"

Danai meinte:

"Steck ihn einfach ein, Xenia. Er wird sich schon wieder beruhigen!"

Xenia nahm das Buch, steckte es unter den Arm und sah sich erwartungsvoll um.

"Was jetzt?" fragte sie. "Wohin gehen wir als Erstes?"

"Jetzt fangen wir den ersten Dämon!" erwiderte Danai.

"Wie bitte?" wunderte sich Xenia, "Hattest du nicht gesagt, wir suchen vier Seiten aus dem Buch?"

Etwas schüchtern druckste Danai herum:

"Ja...schon. Aber da gibt es etwas, das ich dir noch nicht erzählt habe. Als die Hexe die Seiten durch den Spiegel warf, verwandelte sich der Fluch. Die magische Energie manifestierte sich und nahm auf der anderen Seite Gestalt an. Aus jeder Buchseite wurde ein Dämon, der jetzt irgendwo sein Unwesen treibt. Wir müssen sie alle finden und wieder in das Buch bannen."

"Und wie machen wir das?" wollte Xenia wissen.

"Alles zu seiner Zeit!" war Danais Antwort. "Ich erkläre es dir unterwegs!"

Kapitel 4 - Entropy

Die Raumstation "Ouroboros" rotierte im erdnahen Orbit träge um ihre eigene Achse. Ouroboros war eine Forschungsstation. Während man in der erweiterten I.S.S. auf der anderen Erdseite immer noch Salate sprießen ließ und beobachtete, wie sich das Liebesleben von Nacktschnecken unter Schwerelosigkeit gestaltete, schoss man auf Ouroboros mit Laserstrahlen auf experimentelle Leichtmetalle und testete deren Festigkeit. Offiziell gab es die Station nicht und man wusste auch nicht genau, wer sie eigentlich betrieb.

Doch das heutige Experiment war selbst für Ouroboros ungewöhnlich und sein Ausgang war ungewiss. Es ging um die Oberfläche eines alten Spiegels, der zwar äußerlich wie ein ganz gewöhnlicher Spiegel wirkte aber keine der üblichen Charakteristika aufwies. So schluckte er Licht, anstatt es zu reflektieren und trotzdem spiegelte sich die Umgebung darin. Man hatte ihn mit Schweißgeräten bearbeitet, mit Schneideblättern und Kreissägen attackiert, mit chemischen Lösungen beträufelt und schließlich mit Dampfhammer und Pressluft versucht, in Stücke zu schlagen, um eine Probe des Spiegel-

Materials zu erhalten. Das Einzige, was dabei zu Bruch gegangen war, waren sämtliche Werkzeuge. Jetzt sollte eine Spektralanalyse unter Einsatz des starken Gas-Lasers in Ouroboros den Wissenschaftlern Aufschluss geben, um was für ein Material es sich bei dem Spiegelglas handelte.

Die Wissenschaftler waren im Observatorium versammelt und luden die Kondensatoren für einen Energiepuls auf, um den Spiegel mit hochkonzentriertem Laserlicht zu beschießen. Die Kühlung des Lasers lief auf Hochtouren und von den Wänden und der Decke zischte es aus unzähligen Ventilen.

Die Ergebnisse waren zunächst vielversprechend. Mit einer Röntgensonde ließ sich eine erste Analyse der Spiegelfläche vornehmen. Doch die Wissenschaftler auf der Station wollten mehr und beschlossen, die Energiezufuhr bis an die kritische Grenze des Lasers zu treiben, um endlich Erkenntnisse über die Zusammensetzung des schier unzerstörbaren Materials zu gewinnen.

In diesem Moment waren sie dabei, den stärksten jemals erzeugten Laserimpuls auf den Spiegel abzufeuern. Gespannt verfolgten sie, hinter ihren dunklen Schutzbrillen, wie der Strahl den Spiegel zunächst zu schmelzen schien. Quecksilber-artig waberte die Spiegelfläche hin und her. Die

Feldmessungen zeigten unerklärliche Werte auf den Monitoren. Der Spiegel schien zu wachsen und sich auszudehnen, obwohl er in einer Halterung aus Titan fest in der Testkammer fixiert war. Tatsächlich hatte er sich also kein Stück verändert oder bewegt. Doch die Monitore zeigten, dass er pulsierte und den Blick auf einen hellen Lichtkegel im Zentrum freigab, der immer größer zu werden schien.

Plötzlich gab es einen Knall, der durch die ganze Station hallte. Das Laserlicht wurde zurückgeworfen. Ein weißes Licht, das sogar heller als der Laser schien, schob dessen Strahl geradewegs zurück in den Emitter, der daraufhin verpuffte und den Geist aufgab.

"Schalten sie sofort ab!" rief einer der Wissenschaftler. Ein anderer antwortete ihm:

"Das habe ich schon probiert!"

Dennoch ging das Schauspiel vor ihren Augen mit unveränderter Kraft weiter. Blaue Blitze zuckten aus den Rändern des Spiegels und schmolzen das Titan der Halterung, ohne das Holz des Spiegels auch nur anzusengen. Der Spiegel fiel aus seiner Fixierung und kippte rückwärts um. Der Strahl aus Licht schoss gegen die Decke und wurde reflektiert, bis der ganze Raum mit Licht gefüllt zu sein schien. Nicht mal die Wissenschaftler mit ihren dunklen Brillen konnten noch etwas erkennen und wandten sich ab. Sie gaben den Befehl zur Evakuierung und sendeten ein S.O.S. an einen unbemannten Rettungstransporter in der Nähe.

Als sich das weiße Licht wieder gelegt hatte, stand dort neben dem Spiegel ein eigentümliches Wesen und blickte sich neugierig um. Es hatte in etwa die Größe eines Koalabären. Der ganze Körper war dicht mit braunem Fell behaart. Seine Füße wirkten wie die Füße großer Nagetiere, doch die Hände waren nahezu menschlich, wenngleich sie nur vier kurze Finger hatten. Spitze Ohren standen vom Kopf ab und lauschten, doch das mit Abstand seltsamste an dem Geschöpf war die Maske, die es vor dem Gesicht trug. Sie wirkte wie eine alte Holzmaske. Sie war grob geschnitzt und primitiv bemalt, mit weißen roten und schwarzen Streifen. Die großen, runden Augen, obwohl scheinbar auch Teil der Maske, bewegten sich in ihren Höhlen und starrten auf die unbekannte Umgebung. Das Wesen betrachtete die eigenen Arme und Füße mit Verwunderung, zupfte an seinem Bärenpelz und machte ein paar tastende Schritte vorwärts. Es wedelte mit den kurzen Armen, um sein Gleichgewicht nicht zu verlieren. Plötzlich schoss ein elektrischer Blitz aus einer der defekten Apparaturen in sein fellbewehrtes Hinterteil. Ein jaulender Schrei entfuhr dem kleinen Dämon und er schoss vorwärts wie eine Kanonenkugel und prallte mehrmals wie ein Flummi von den Wänden ab. Schließlich verschwand er durch die Öffnung in einer der Lüftungen, deren Gitter abgerissen war.

Die Wissenschaftler standen währenddessen mit offenen Mündern hinter dem Panzerglas-Fenster ihres Observatoriums und hatten ihre Schutzbrillen abgenommen. Erst als der kleine Teufel anfing, ihre Station zu zertrümmern, zogen sie sich eilig zurück in Richtung Schleusen-Modul und warteten auf die Ankunft des Notfallshuttles.

Kurz nachdem der Dämon in der Lüftung verschwunden war, gab es einen zweiten Lichtblitz aus dem Spiegel. Es dauerte nicht lange, da stieg Xenia mit dem Buch im Arm heraus. Sie sah sich um und der Spiegel hinter ihr verlor sein Licht und wurde stumpf. Xenia staunte darüber, aber sie wurde schnell von etwas Anderem abgelenkt. Denn nach einem Moment der Ungewissheit fand sie ein Bullauge, das ihr den Blick in den Weltraum eröffnete.

"Wahnsinn!" sagte sie. "Ich bin im Weltall!"

Vorsichtig tastete sie sich vorwärts, aber durch die Rotation der Station herrschte dort künstliche Schwerkraft und Xenia war milde enttäuscht, weil sie nicht durch den Raum schweben konnte. Das Buch in ihrer Hand meldete sich mürrisch:

"Sind wir bald da? Ich hab Hunger!"

"Du isst doch überhaupt nichts!" sagte Xenia.

"Dann hab ich halt Durst! Ich weiß es selbst nicht...was machen wir überhaupt hier?"

"Wir fangen den ersten Dämon. 'Entropy' heißt er, das hat zumindest Danai gesagt."

"Nie von ihr gehört! Wer ist diese Dar-nei?" fragte der Spiegel verwundert. Xenia lachte:

"Ich glaube, wir suchen dir besser schnell deine fehlenden Seiten! Dann kann man sich vielleicht endlich mit dir unterhalten. Du vergisst ja alles sofort wieder!"

"Ich vergesse überhaupt nichts! Nie im Leben! Ich hab einfach Hunger!"

"Ja klar", seufzte Xenia und setzte ihren Weg mit dem Buch unter dem Arm fort.

Sie öffnete eine Zwischentür der Station und ihr bot sich ein Bild der Verwüstung. Entropy war offensichtlich aus der Lüftung gesprungen und hatte die meisten Module und Monitore auf seinem Weg durch die Station zertrümmert. Auf einem der wenigen unbeschädigten Bildschirme las Xenia "Rotationssteuerung". Auf einem Monitor sah sie Bilder der Außenkameras der Station. Offensichtlich verlor Ouroboros rapide an

Atmosphäre und einige Bereiche waren bereits automatisch versiegelt worden. Auf einem anderen Bildschirm entdeckte sie die Rettungsfähre im Anflug auf die Station. Xenia ging weiter. Dann polterte es in ihrer Nähe und sie hatte eine Sekunde lang Zeit, einen Blick auf Entropy zu erhaschen. Er steckte seinen Kopf aus einer Lüftung und musterte sie. Dann war er schon wieder blitzschnell in einer anderen Öffnung verschwunden.

"Mein Gott, ist der fix! Das hatte Danai aber nicht erwähnt!"

"Auch wer immer nur rennt, wird irgendwann stolpern!" meinte das Buch schläfrig.

"Danke", sagte Xenia, "du bringst mich auf eine Idee!"

Sie fand einen interaktiven Plan der Station an einer der Seitenwände und suchte nach dem kürzesten Weg zur Notschleuse. Sie drückte auf das Symbol der Schleuse und sofort leuchteten gelbe Pfeile auf dem Boden auf, die ihr den Weg dorthin wiesen.

"Praktisch!" fand Xenia.

Sie folgte den Markern und gelangte bald zur anderen Seite der Schleuse. Durch das Bullauge blickte sie hinein und begegnete den grenzenlos erstaunten Blicken der fünf Wissenschaftler auf der anderen Seite. Sie hatten Raumanzüge angezogen aber noch keine Helme aufgesetzt. Die Tür war schalldicht, aber eine Forscherin deutete auf die Gegensprechanlage. Xenia schaltete sie ein und sofort fragte die Frau auf der anderen Seite:

"Wer bist du? Wie kommst du hierher?"

"Ich komme...ach egal. Ich bin hier, um den kleinen Teufel einzufangen, der gerade die Station zerlegt. Aber ich brauche eure Hilfe!"

"Wir können dir nicht helfen", sagte die Frau, "die Schleuse ist versiegelt und wir sitzen hier selber fest, bis das Shuttle andockt."

"Können sie mir denn nicht sonst irgendwie helfen? Haben sie vielleicht eine Ahnung, wie ich Entropy einfangen könnte?"

"Entropy?" fragte die Wissenschaftlerin.

"So heißt er", erklärte Xenia.

Die Wissenschaftler berieten sich und dachten nach. Kurz darauf sagte die Frau zu ihr:

"Wir haben es auf den Monitoren beobachtet. Das Einzige, was wir sicher sagen können, ist, dass es sich durch die Lüftungsschächte bewegt. Es scheint außerdem Angst vor Elektrizität zu haben.

Wir haben gesehen, wie es erschrak und wegen eines Kurzschluss panisch Reißaus nahm..."

Xenia grübelte:

"Und wie soll mir das helfen?"

"Die Reinigungsroboter an Bord nutzen antistatische Aufladung, um die Station staubfrei zu halten. Vielleicht lässt es sich damit einkreisen!"

"Klingt gut!" gab Xenia zu. "Ist auf jeden Fall einen Versuch wert. Danke!"

Sie lauschte auf das knirschende Geräusch von Metall auf Metall, als sich das Shuttle etwas unsanft mit der Luftschleuse der Station verband.

"Wir haben Kontakt. Es tut mir leid, aber wir können nichts mehr für dich tun!"

Die Schleuse zum Raumschiff öffnete sich und die ersten Wissenschaftler kletterten hinein.

"Nur eins noch", sagte die Wissenschaftlerin. "Wir haben den stabilen Orbit verlassen und verlieren Atmosphäre. Dir bleiben nur wenige Minuten bis zum Wiedereintritt. Das reicht nicht, um ein weiteres Shuttle zu rufen..."

"Machen sie sich um mich keine Gedanken!" beruhigte Xenia sie.

"Ach ja..." ergänzte sie, "welches Jahr haben wir überhaupt?"

Irritiert sah die Frau sie an und drückte noch einmal den Knopf der Sprechanlage.

"2055, warum?"

"Nur so! Gute Reise!"

Xenia sah zu, während sie im Shuttle verschwand und die Luke hinter ihr verschloss. Mit einem Ruck löste sich das Schiff und trieb von der Station davon, bevor die Triebwerke zündeten und es sich rasch entfernte.

Sie seufzte. Xenia war froh darüber, dass sich zumindest die Wissenschaftler in Sicherheit befanden. Um ihre eigene Sicherheit machte sie sich in diesem Moment kaum Gedanken. Denn sie war immer zuerst auf die Lösung des Problems vor ihr konzentriert.

Sie studierte erneut den Lageplan der Station. Die Wartungsstation war irgendwo in der Nähe. Also ließ sie abermals die Marker aufleuchten und folgte ihnen. Vor einer Schiebetür stehend, suchte sie zunächst nach einer Art Türklinke oder einem Hebel. Dann erst sah sie das Bedienfeld neben der Tür und berührte es mit der Hand. Die Tür glitt lautlos zur Seite. Xenia betrat den Raum, wo sie zwei kleine Wartungsroboter vorfand, die auf

Gummiketten standen und mit kurzen Gelenkarmen voller Werkzeuge bestückt waren.

"Das Schweizer Messer unter den Reinigungsrobotern", vermutete Xenia.

Sie studierte das Terminal und sah darauf mehrere vorprogrammierte Programme, die scheinbar die verschiedenen Routen der Roboter beschrieben. Sie fand das Reinigungsprogramm und wählte es aus. Sofort erhoben sich die Roboter aus ihrer Parkposition und signalisierten piepsend und leuchtend Bereitschaft. Sie navigierten an ihr vorbei auf eine Plattform, die sie hydraulisch in unterschiedliche Lüftungsschächte anhob. Die emsigen Maschinen piepsten und blinkten, während sie einen Lichtbogen aus blauer Elektrizität vor sich herschoben, der jeden Millimeter der Schächte staubfrei machte.

Xenia sah nochmal auf den Plan und bestimmte, dass es nur einen einzigen Raum gab, wo beide Roboter konvergieren konnten, um Entropy in eine Sackgasse zu treiben. Es war einer der Lagerräume der Station. Sie änderte auf dem Touchscreen die Route der Maschinen und machte sich auf den Weg dorthin. Unterwegs sah sie zahllose baumelnde Kabel, verbeulte oder glatt durchbrochene Wandpaneele die bezeugten, dass Entropy dort bereits vorbeigekommen war.

Die Station bebte unter ihren Füßen, als der Reaktor seinen Geist aufgab. Sie war plötzlich einen Moment lang schwerelos, denn die Rotation der Station verlangsamte sich. Der Sekundärreaktor schaltete sich ein und stellte die alten Zustände wieder her. Und Xenia plumpste auf den Boden.

Sie fand den Raum und öffnete das Schott. An den Wänden zu ihrer Linken waren deutlich die beiden Lüftungsschächte zu sehen. Hier würden die Roboter ihre Tour beenden und hoffentlich auch Entropy vor sich hertreiben.

Während sie darauf wartete, sah Xenia sich im Lagerraum um. Dort standen acht identisch wirkende Transportkisten aus einem styroporähnlichen Material nebeneinander. Sie hob den Deckel von einer der Kisten und staunte nicht schlecht, als sie den Inhalt sah: es waren Spiegel. Sie sahen genauso aus wie der Spiegel, durch den sie gekommen war. In jeder Kiste lag ein identischer Spiegel. Und sämtliche Spiegel waren stumpf und spiegelten gar nichts. Sie legte ihre Hand auf eine der Spiegelflächen und zog sie hastig wieder zurück. Sie war rau und eiskalt.

Hinter ihr näherten sich die Wartungsroboter piepsend und mit leuchtenden Warnlampen. Vor ihnen her schien tatsächlich Entropy zu laufen, denn sie hörte seine sonderbaren Grunzlaute und wie er auf seiner Flucht gegen das Blech der Schachtwände kratzte. Sie hatte sich vor den Gittern am Ausgang positioniert, als Entropy heraus schoss und wie wild geworden durch den gesamten Lagerraum titschte. Er hatte Xenia umgeworfen, aber sie rappelte sich sofort wieder auf. Innerhalb weniger Sekunden hatte er alles durcheinandergebracht und den Raum komplett verwüstet. Aber Entropy konnte ihr nicht mehr entkommen. Jetzt war die Zeit gekommen, sich an Danais Ratschlag zu erinnern und das Buch zur Hand zu nehmen.

"Was ist denn jetzt wieder?" fragte Nomi und rollte mit den Augen.

Als Entropy erkannte, dass der einzige Weg nach draußen an Xenia vorbei war, sprang er mit wild heraushängender Zunge über umgeworfene Kisten hinweg in ihre Richtung. Sie öffnete das Buch und daraus schoss ein Strahl aus hellem Licht, der den kleinen Dämon umschloss und festhielt.

Entropy schwebte in der Luft und war gefangen in einer Blase aus Licht, die langsam in Richtung des Buchs schwebte. Er kämpfte zwar dagegen, aber sein Platz im Buch war stärker als sein Platz in der Welt. Xenia musste Nomi mit aller Kraft festhalten und wurde rückwärts gegen die Tür gedrückt.

Entropy wurde immer kleiner und verschwand schließlich ganz im Buch.

Erleichtert klappte Xenia es zu und blickte in Nomis Gesicht, dessen Augen sich plötzlich weiteten. Er wirkte aufgeweckt und erfrischt.

"Einer ist zurückgekehrt!" stellte das Buch zufrieden fest.

"Und? Wie fühlst du dich?" fragte Xenia.

"Dumme Frage! Als ob Bücher etwas fühlen könnten!" meckerte Nomi.

"Na zumindest wäre das geklärt" freute Xenia sich." Du bist also doch ein Buch!"

"Was sollte ich denn sonst sein?" grummelte er.

Xenia antwortete nicht und Nomi war sowieso nicht zu Unterhaltungen aufgelegt und schlummerte wieder ein. Sie hatte jetzt auch dringlichere Probleme zu lösen. Als Entropy den Raum verwüstet hatte, war ein Schlauch mit Kühlmittel abgerissen, das jetzt wabernd auf den Boden vor ihr strömte. Dahinter hing ein durchtrenntes Stromkabel gefährlich nah über dem Boden. Am wichtigsten aber war, dass einer der Spiegel, die eben noch stumpf gewesen waren, jetzt leuchtete.

Xenia ahnte, dass der leuchtende Spiegel sie zurückbringen konnten. Die Tatsache, dass nur ein einziger Spiegel leuchtete, nahm ihr ohnehin die Entscheidung ab. Entweder sie hatte Recht, oder sie würde in wenigen Minuten mit der Station zusammen verglühen.

Doch der Weg zum Spiegel war durch das Stromkabel versperrt. Und die Transportkisten waren von Entropy dermaßen herumgewirbelt worden, dass jetzt alle durcheinander lagen. Unglücklicherweise leuchtete der Spiegel von ganz unten aus dem Haufen.

Die Station vibrierte und knirschte, denn sie rieb bereits gegen den Rand der äußeren Erdatmosphäre. Es blieb nicht mehr viel Zeit. Xenia stellte Nomi behutsam gegen eines der Wandpaneele und dachte nach. Sie erinnerte sich an die Rotationssteuerung der Station und an den Ausfall des Hauptreaktors und machte sich auf den Weg zurück dorthin.

Zum Glück funktionierte der Touchscreen noch und Xenia verringerte die Rotationsgeschwindigkeit der Station um die Hälfte. Sofort fühlte sie sich leichter. Sie selber machte jetzt riesige Schritte und sprang von Wand zu Wand. Um sie herum bebte Ouroboros. Solarflügel rissen ab und flogen am Bullauge vorbei. Schutt wurde aus den Lecks in der Außenhülle ins Weltall getrieben und die Teile der Station, die zuunterst in die Atmosphäre tauchten, glühten Rot vor Hitze. Durch viele kleine Lecks entwich Sauerstoff. Xenia studierte auf einem interaktiven Display besorgt die Sauerstoffwerte. Sie änderte ihren Plan.

Auf dem Rückweg zum Lagerraum öffnete sie eine der Luftschleusen und schlüpfte in einen Raumanzug. Sie setzte den Helm auf, schloss das Visier und zurrte die Dichtungen zu, bevor sie begann durch die Sauerstoffflasche auf ihrem Rücken zu atmen. Als sie wieder in das Lager trat, hüpfte Nomi auf dem bebenden Boden unfreiwillig herum. Seine Stimme vibrierte.

"Ich glaub' mir wird schlecht! Mach', dass das aufhört!" verlangte das Buch und es sah auch wirklich ganz bleich auf dem Einband aus.

"Einen Moment noch!" Xenia, trat mitten durch die elektrisch-blitzenden Kabel in den Lagerraum und schob jetzt mühelos die schweren Kisten beiseite. Denn bei halber Schwerkraft wogen sie nur noch die Hälfte. Die Station knirschte währenddessen bedenklich und brach überall auseinander wie eine Dose. Risse erschienen um Xenia herum und ein neues Leck tat sich auf, als direkt vor ihr ein Stück Wandpaneel weggerissen wurde. Die Magnetschaltung ihrer Schuhe verhinderte, dass sie abrutschte. Aber Nomi wurde vom Sog hochgehoben und schwebte an ihr vorbei.

"Hiiilfe!" rief er, als er in Richtung Weltall hinter dem Leck driftete.

Xenia packte das Buch, doch im nächsten Moment versagte die Integrität der Hülle. Die Station brach auf. Und die Kisten, die Spiegel, Wartungsroboter und alles, was sich sonst noch darin befunden hatte, wurden durch das Loch ins Vakuum gezogen. Nomi machte dicke Backen, während Xenia nur den leuchtenden Spiegel im Auge behielt. Mit einem gezielten Tritt, stieß sie sich von einer der Kisten ab und gewann genug Schwung, um in Richtung des Spiegels zu driften. Aber der Spiegel entfernte sich immer noch von ihr. Auf dem Bedienfeld ihres Anzugs suchte sie nach der Steuerung, doch sie fand nur eine Option: ihren Luftvorrat zu leeren.

Sie atmete mehrmals tief ein und drückte den Knopf. Der Anzug schoss vorwärts wie eine Rakete. Xenia presste Nomi mit beiden Armen gegen die Brust und betete, dass sie den richtigen Winkel getroffen hatte.

Unter ihr begann die Raumstation in tausend Teile auseinanderzubrechen und viele Einzelteile schossen wie glühende Meteore in Richtung Erdoberfläche. Xenia hielt ihren Kurs und konzentrierte sich auf den letzten Metern zum Spiegel auf ihre Sauerstoffanzeige.

"Das war's! Keine Luft mehr..."

Aber ihre Rotation passste perfekt! Der Spiegel wies genau ihn ihre Richtung als Xenia mit dem Buch im Arm hindurch flog.

Kapitel 5 - Wot-Wot?

Auf der anderen Seite schlug sie wieder hart auf dem Boden auf und eine kurze Rutschpartie folgte, bis sie von einer niedrigen Mauer gebremst wurde. Um sie herum war es dunkel und still. Die Anzeigen an ihrem Arm blinkten und piepsten:

"Sauerstoffvorrat 0%", war darauf zu lesen. Xenia öffnete das Visier des Helms und atmete tief ein. Sie erkannte die feuchtkalte Luft des Limbos wieder und wusste, dass sie es auf die andere Seite geschafft hatte.

"Wot-wot?" fragte eine Stimme in ihrer Nähe und Xenia schaltete die Lampe am Arm des Raumanzugs ein. Sie leuchtete in das breite Gesicht eines buckeligen spindeldürren Wesens, das sie aus milchig weißen Augen zu mustern schien. Die Nase war riesig und schmal und Büschelweise grauer Haare sprießten heraus. Am Körper trug es ein zerfetztes Gewand aus schwerem dunklen Filz. Die tellergroßen Ohren standen vom runden Kopf ab und waren ständig in Bewegung wie Radarschüsseln, die nach Flugobjekten suchten.

"Wot-wot?" fragte es wieder und sog mit seiner riesigen Nase tief die Luft um sich herum ein, als versuche es, Xenia zu wittern. Es wurde ihr klar, dass das Wesen blind sein musste. Xenia schob sich vorsichtig rückwärts über den Boden fort von der Kreatur. Sie erkannte, dass das nur scheinbar ein Mensch war. Und als es den Mund öffnete sah sie auch, warum ihr Fluchtinstinkt richtig gewesen war.

Es riss den Mund weit auf und heraus rollte eine lange Zunge, die wie eine Peitsche durch die Luft hieb. Die spitzen Zähne waren unregelmäßig lang und standen in alle Richtungen aus dem Mund. Es sah fast aus wie einer dieser schaurigen Tiefseefische.

"WOT-WOT", rief das Wesen jetzt laut und wütend und andere antworteten aus der Dunkelheit. "Wot-wot?" fragten die anderen und das Wesen rief immer wieder aufgeregt zurück.

"Wot-Wot", grunzte es, während seine Zunge knapp vor Xenias Gesicht hin- und her peitschte. Sie schälte sich aus dem Anzug und das Wot-Wot betastete aufgeregt den Stoff und roch daran. Dann riss es ihn in Fetzen und verlor dabei für einen Moment ihre Spur.

Xenia rappelte sich auf und begann zu laufen. Von allen Seiten schwollen die Wot-Wot-Rufe an und schlurfende Füße schoben sich schneller und schneller über den Boden. Im Lichtkegel ihrer

Lampe erschien ein Heer dieser seltsamen halb-
menschlichen und blinden Wesen. Sie hielten
direkt auf sie zu und Xenia war immer noch außer
Atem von ihrer Flucht aus der Raumstation. Sie
umklammerte das Buch und rief in ihrer
Verzweiflung laut:

"Danai, wo bist du?"

Danais schwache Stimme antwortete ihr. Sie klang
erschöpft.

"Ich höre dich kaum. Folge meiner Stimme - und
geh' nicht verloren!"

Wot-Wots kamen aus allen Richtungen auf sie zu
und Xenia blickte sich nach einem Ausweg um. Es
gab nur eine Richtung, aus der sie nicht kamen. Sie
flüchtete durch einen schwach erhellten Torbogen.
Xenia fand sich dahinter in einem gefliesten
Innenhof wieder, dessen große schwarz-weiße
Bodenfliesen in einem Schachbrettmuster
arrangiert waren. Es war ein seltsam modern
wirkender Fußboden, in dieser Umgebung. Ein
blaues Schimmern von den Pilzen an der Wand
beleuchtete den Raum schwach.

"Tritt nicht auf die schwarzen Kacheln!" warnte
Danai und Xenia zog ihren Fuß zurück. Sie wollte
gerade den ersten Schritt machen. Stattdessen
sprang sie auf die weißen Bodenflächen und lief

durch den Raum wie die Weiße Königin. Da verschoben sich die Bodenflächen plötzlich und das Schachbrettmuster löste sich auf und wurde zu einem rein zufällig arrangierten Muster. Sie schaffte es gerade noch zu bremsen und auf der letzten weißen Fliese vor einer Flut aus schwarzen Kacheln zu bremsen. Hinter ihr drängten Wot-Wots durch den Torbogen, doch sie fielen alle durch die schwarzen Böden und verschwanden in der Dunkelheit. Die schwarzen Kacheln waren in Wahrheit bodenlose Löcher. Die Kreaturen riefen immer noch "Wot-Wot", während sie in der Tiefe verschwanden. Ihre Menge war so gewaltig, dass immer mehr nachkamen und blind vorwärts stürmend im Abgrund verschwanden.

Xenia wartete auf ihre Chance, weiterzukommen und musste beobachten, wie die Wot-Wots ihr trotz allem immer näherkamen. Sie rollten heran wie ein einzige Welle aus Körpern und miteinander verkeilten Gliedmaßen. Endlich verschoben sich die Platten wieder und sie hatte das Glück, einen direkten Pfad vorwärts zu entdecken. Xenia sprintete auf eine Treppe zu und klammerte sich an das Geländer, bevor sie der Boden verschlucken konnte. Zitternd hing sie einen Moment am Treppengeländer und kam wieder zu Atem, während sie die Wot-Wots gegenüber beobachtete. Blind und unbeeindruckt drängten sie vorwärts und schoben einander gegenseitig in den Abgrund. Xenia wusste, dass sie vorerst sicher war und schritt die Treppe hoch. Oben sah sie eine schwere Holztür und schob sie ächzend auf.

Dahinter lag eine dämmrige Höhle, beleuchtet von Lavaströmen an den Wänden. Heiße Schwefeldämpfe stiegen auf und verschleierten ihr die Sicht und raubten ihr den Atem, während Xenia weiterging. Sie hielt sich den Arm vor die Augen, um sich vor der Hitze zu schützen. Überall im Raum waren Spiegel verteilt, die teilweise in der Luft zu schweben schienen. Und sogar von der Decke des Gewölbes hingen Spiegel herunter. Es mussten Tausende sein. Staunend blickte sie nach oben, während sie weiterging.

"Pass auf!" rief Danai laut und Xenia stoppte. Direkt vor ihr lag ein Abgrund. Und Xenia erkannte jetzt, dass alle Spiegel auf schwebenden Inseln standen. Manche waren nicht größer als ein paar Meter im Durchmesser. Sie bewegten sich im heißen Luftstrom auf und ab und wurden hin- und hergetrieben wie Pappelsamen im Wind. Xenia hatte es gerade so vermieden, in den Abgrund zu stürzen und sah eine Spiegel-Insel vor sich treiben. Es trennte sie nur ein kleiner Sprung und sie setzte über.

"Gut gemacht!" lobte Danais Stimme, die jetzt wieder kräftiger klang.

"Welcher Spiegel ist der Richtige?" fragte Xenia.

"Es ist nicht mehr weit bis zum nächsten Spiegel", war alles was Danai dazu sagte.

"Als du gesagt hast, wir müssen nur vier Seiten aus diesem Buch besorgen hatte ich mir das einfacher vorgestellt!" beschwerte sich Xenia. "Was waren das für Wesen, diese Wot-Wots?"

Danai antwortete:

"Es sind verlorene Seelen, die keinen Mut haben, diesem Ort zu entkommen und zu lange hier festsaßen. Wenn sie dich berühren, wirst du zu einem von ihnen. Aber nur, wenn du ihnen überhaupt entkommen kannst!"

"Und was passiert, wenn man ihnen nicht entkommt?" fragte Xenia.

"Dann fressen sie dich auf!" antwortete Danai ungerührt.

Xenia schüttelte sich bei dem Gedanken. Sie war sich der Gefahr, in der sie geschwebt hatte, nicht vollständig bewusst gewesen.

"Was ist das für ein höllischer Ort!" fand sie. "Gibt es hier überhaupt keine freundlichen Wesen?"

Danai sagte:

"Es gibt mich und du hast das Buch in deiner Hand. Wie geht es ihm übrigens?"

"Er schläft immer", erklärte Xenia. "Aber nachdem ich Entropy eingefangen hatte, war er ein paar Minuten lang nicht mehr ganz so verwirrt. Ich konnte mich sogar mir ihm unterhalten."

"Das ist gut!" freute sich Danai. "Du musst jetzt übersetzen. Ich weiß, du schaffst es, aber uns bleibt wenig Zeit!"

"Es ist verdammt heiß hier und das Buch ist immer im Weg!" stöhnte Xenia. Die Hitze machte ihr zu schaffen.

"Darum kümmern wir uns später. Du musst jetzt weiter!"

"Warum hast du's denn plötzlich so eilig?" wollte Xenia wissen.

Da ging ein Rumpeln durch die Höhle und aus Dutzenden von Öffnungen schoss Lava in den Raum. Unter Xenia blubberte es und der Pegel der Lava stieg unaufhörlich und rasend schnell.

"Darum!" sagte Danai. Aber Xenia war bereits gesprungen. Als sie auf der nächsten schwebenden Insel landete, begann diese langsam zu kippen. Xenia verlor keine Zeit und sprang erneut. Als sie landete, schlug sie hart auf den Knien auf und das Buch rutschte ihr aus den Händen. Es rollte und polterte über den Steinboden und rutschte bis zum Rand der Insel. Nomi fiel auf sein Gesicht, wachte auf und schrie:

"Was ist los? Ein Erdbeben?"

Xenia antwortete:

"Halt die Klappe, ich muss mich konzentrieren!"

Nomi erwiderte beleidigt:

"Du hast mir gar nichts zu sagen! Ich bin der Ältere."

Xenia blickte über den Rand der schwebenden Insel. Sie dachte:

'In zwei Minuten gehen wir in der Lava unter!'

Und sie machte ein paar Schritte auf das Buch zu. Das brachte die kleine Insel zum Kippen und Xenia ging schnell wieder rückwärts. Nomi rutschte trotzdem bis zur Nase über den Rand. Er sah die Lavaströme unter sich blubbern und stotterte:

"Ok-k-ay, h-h-ilf mir! Ich nehme alles zu-zurück!"

Xenia sah ein, dass sie nicht weiter vorwärtsgehen konnte und tat das Gegenteil. Sie ging langsam wieder rückwärts, bis die Insel begann, sich aufzurichten und in ihre Richtung zu kippen. Immer höher stieg das Ende mit Nomi aber er hing mit der Nase am Rand fest. Da stiegen ihm die Vulkandämpfe in die Nase und er nieste so laut, dass es von allen Wänden widerhallte. Seine Nase hatte sich vom Rand gelöst und Nomi rutschte in Xenias Richtung. Der Boden bebte erneut. Die Insel war gefährlich weit gekippt und Xenia sprintete los. Unterwegs sammelte sie Nomi auf, und während die Insel kenterte, stieß sich Xenia mit dem rechten Fuß kraftvoll vom Rand ab, warf ihn hoch und klammerte sich am rettenden Rand der größten Insel im Raum fest. Das Buch schlitterte wieder über den harten Boden und kam in einer Wolke aus Staub zum Halt.

"Uff!" seufzte Nomi erleichtert.

Währenddessen schwenkte Xenia ein Bein über den Rand und zog sich hoch. Sie blieb einen Moment lang liegen, um zu verschnaufen. Dann stand sie auf und klopfte sich den Staub ab. Sie ging zu Nomi rüber und hob ihn auf.

"Bitte sehr!" sagte sie.

Statt einer Antwort biss das Buch sie in den Finger und Xenia ließ ihn beinahe wieder fallen.

"Au!" rief sie. "Was sollte das?"

"Das ist dafür, dass du mich fallen gelassen hast!"
Dann murmelte er brummend:

"Aber danke dafür, dass du mich nicht
zurückgelassen hast!"

Sie wischte sich die Hand an der Hose ab.
Missgelaunt antwortete sie:

"Ein 'Danke' fühlt sich aber anders an. Wir sollten
weitergehen!

Sie sah sich besorgt um, denn die Lava stieg immer
noch höher. Bald würde sie den halben Raum
füllen und es wurde immer heißer und heller.

"Beeilt euch!" rief Danai. "Der nächste Spiegel ist
auf der anderen Seite der Insel."

"Wer war das?" fragte Nomi.

Anstatt zu antworten, konzentrierte sich Xenia
darauf, den sichersten Weg zu finden. Am Rand
der Insel lief ein schmaler Grat entlang einer
steilen Steinwand. Es blieb ihr nichts Anderes
übrig, als sich mit beiden Händen an den Felsen zu
klammern und langsam seitwärts zu schieben. Der
Boden bebte wieder und plötzlich stieg die Lava
noch höher. Xenia klammerte sich mit der rechten
Hand an einen Felsvorsprung und mit der linken
Hand hielt sie Nomi fest. Er blickte erneut in die
Lava unter sich.

"Bitte lass mich jetzt bloß nicht fallen!" flehte er.

Noch während Nomi das sagte, neigte sich auch diese Insel auf die Seite und Xenia begann, ihren Halt zu verlieren.

"Schneller!" feuerte Danai sie an, aber Xenia schob sich schon so schnell es ging vorwärts. Endlich erreichte sie die andere Seite, da stand die Lava fast in Höhe ihrer Schuhsohlen. Sie rannte wie nie zuvor in ihrem Leben, während die Insel hinter ihr bereits in der Lava unterging. Endlich sah sie den Spiegel. Kaum fünfzehn Meter vor ihr stand er und glänzte unverändert und makellos. Ein helles Leuchten kam aus der Spiegelfläche und Xenia atmete auf.

Danais Stimme drang leise an ihr Ohr:

"Der nächste Dämon heißt Auris. Viel Erfolg!"

Während hinter ihr die Reste der Insel abbrachen und versanken, tat sie den Schritt durch den Spiegel und ließ das Limbo hinter sich.

Kapitel 6 - Untergrund

Geschafft! Sie stand wieder im Dunkeln, aber Xenia wusste, dass sie auf der richtigen Seite gelandet war. Kühler Sand rann ihr durch die Finger und klebte an ihren Armen. Sie kniete, nahm das Buch fest in die Hand und stand auf. Mit dem Fuß stieß sie gegen einen Tonkrug, der dumpf ein paar Zentimeter durch den Sand rollte.

Um sie herum war es pechschwarz und sie ging vorsichtig vorwärts, bis sie eine Steinwand ertastete. Mit einer Hand an der Wand ging sie tastend weiter, bis sie eine Öffnung fand. Sie schob sich darauf zu, stolperte vorwärts und stieß mit dem Kopf gegen eine Halterung in der Wand.

"Mist!" fluchte Xenia und ertastete, wogegen sie gestoßen war. Es war eine Wandhalterung für eine Ölfackel und die Fackel steckte noch in der Halterung. Sie kramte in den Taschen ihrer Latzhose und zog ein geknicktes und altes Streichholzbriefchen aus der hinteren Tasche. Sie zündete es an und hielt die Flamme an die Fackel. Sofort brannte die trockene Lunte und saugte gierig Öl aus dem uralten Behälter. Im flackernden Licht blickte sie auf das Streichholzbriefchen in ihrer Hand. Darauf stand geschrieben: "Glen's Mirror Emporium". Sie lächelte.

"Danke, Onkel Glen!" flüsterte sie und steckte die Streichhölzer wieder ein.

Sie nahm die Fackel aus der Halterung und schwenkte sie im Raum umher. Auf dem Boden standen viele kleine Gegenstände, die halb im Sand versunken waren. Es glitzerte überall golden und silbern. Dazwischen standen und lagen bunte Tontöpfe in allen Größen und Formen. Xenia blickte erstaunt auf die Hieroglyphen an den Wänden. Langsam erkannte sie, wo sie sich befand.

"Das muss ein Raum im Inneren einer Pyramide sein!" ahnte sie.

"Woher willst du das wissen?" fragte Nomi. "Ist doch immer noch dunkel hier!"

Xenia drehte ihn um, so dass er etwas sehen konnte.

"Tschuldigung!" sagte sie.

Nomi blinzelte und betrachtete die Wand mit den Hieroglyphen.

"Was ist denn eine Pyramide überhaupt?" fragte er.

"Ein dreieckiges Gebäude, in dem Pharaos begraben wurden. Ein Mausoleum."

"Ich seh' nirgends Mäuse..." erwiderte Nomi und schlummerte wieder ein.

"Ach du – mit dir zu reden ist wirklich Zeitverschwendung!" ärgerte sich Xenia.

Sie packte das Buch unter den Arm und beleuchtete ihren Weg mit der Fackel. Xenia folgte Gängen, die immer tiefer führten. Und bald verschwand auch der Sand vom Boden und sie trat auf massive Steinquader. Die Treppe schienen für Riesen gemacht zu sein, so tief fiel jeder Absatz ab. Immer tiefer bohrten sich die Stufen unter die Pyramide. Mehrmals musste sie eine frische Fackel aus einer Wandhalterung stemmen. Irgendwann ging es nicht mehr tiefer und ihre letzte Fackel erlöschte. Xenia sah ein schummriges Licht in der Entfernung und traute ihren Augen nicht, als sie näherkam.

Vor ihr lag ein kleines Camp mit einem einfachen Stoffzelt, einer Petroleumlampe und einer ledernen Satteltasche. In dem Camp saß ein junger Mann im Schneidersitz und blätterte in einem Buch. Neben ihm standen eine Blechtasse und seine Feldflasche. Ein kleines Feuer flackerte ruhig knisternd vor ihm. Als sie sich schüchtern näherte und sich vorsichtig räusperte, sprang er auf und ließ alles fallen.

"Jesus-und-Maria!" rief er verdattert.

"Äh-hem", räusperte sich Xenia, "ich wollte dich wirklich nicht erschrecken!"

Er stand vor ihr und musterte sie ungläubig.

"Wie kommst du hierher?" fragte er misstrauisch.

"Das ist eine lange Geschichte," sagte sie. "Und du?"

"Ich bin zu Ausgrabungen hier. Unglücklicherweise wurde ich verschüttet und finde nicht mehr raus. Darum frage ich mich, wie du reingekommen bist."

Xenia seufzte.

"Ich bin durch einen magischen Spiegel gesprungen, der in einer Lava-Höhle im Limbo stand. Okay?"

Er legte den Kopf schief und spitzte die Lippen. Dann streckte er seine Hand aus und sagte:

"Jedenfalls bin ich interessiert. Mein Name ist Leon Brody."

Xenia lächelte. Sie griff seine Hand und schüttelte sie.

"Freut mich! Ich bin Xenia Gold - Reisende durch Raum und Zeit." sagte sie schmunzelnd.

Leon wusste wirklich nicht, was er darauf antworten sollte. Sie musterten einander schweigend. Leon war etwas älter als sie. Er trug altmodisch geschnittene Kleidung und eine runde Brille. Seine braune Jacke reichte bis über die Hüfte und teilte sich hinten wie ein Frack. Seine gestreiften Hosen wirkten bequem und haltbar und wurden von einem Paar lederner Hosenträgern gehalten. Unter der Jacke trug er ein schlichtes weißes Hemd. Leon musterte sie nicht weniger verwundert. Vermutlich war Xenia die erste Frau in Latzhose, die er zu Gesicht bekam. Nach einer kleinen Weile fragte er:

"Das heißt du steckst jetzt auch hier fest?"

"So sieht es aus. Was machst du gerade?" sie deutete auf sein Buch.

"Ich schreibe Tagebuch. Und ich versuche ein Problem zu lösen, an dem ich schon seit ein paar Tagen sitze."

"Und welches Problem ist das? wollte Xenia wissen.

Er hob die Lampe auf und leuchtete in Richtung der Wand vor ihnen.

"Ich glaube, das ist ein Tor. Vielleicht ist es unser einziger Ausweg. Aber ich komme nicht dahinter, wie man es öffnet."

Er kratzte sich am Kopf.

"Hier sind lauter Symbole, die sich bewegen lassen und hier..." er deutete zur oberen Seite der Symbole, "... hier sind Farben an der Wand."

Xenia ging vor der Wandmalerei auf und ab und sah sich die Symbole an.

"Ich glaube, das sind die Planeten unseres Sonnensystems, vermutete sie. "Und auf der anderen Seite sind ihre Farben."

"Was?" fragte er und wollte zuerst widersprechen. Dann besann er sich und meinte: "Eigentlich wäre das keine Überraschung. Die Pharaonen waren sehr interessiert an Astronomie und Mathematik."

Xenia zuckte mit den Achseln und begann damit, die Symbole entlang ihrer Achse zu den entsprechenden Farben zu bewegen. Sie liefen in einer Art Schiene und ließen sich fast lautlos verschieben.

"Merkur – vielleicht Orange? Venus – Orange, Mars – ganz sicher Rot, Jupiter – hmm, Silbern, Saturn – Gelb...merkwürdig", sagte Xenia.

Leon fragte:

"Was ist merkwürdig?"

"Es sind nur sechs Planeten!" sie ordnete das letzte Symbol zu.

Leon zuckte mit den Schultern.

"Die Ägypter hatten noch keine Fernrohre. Vielleicht konnten sie nur bis zum Saturn sehen."

"Pluto fehlt dann natürlich sowieso..." meinte Xenia.

"Was ist Pluto?" fragte Leon.

"Der Hund von Mickey Maus", antwortete Xenia und schob die letzten Symbole an ihren Platz.

Kaum hatte sie das letzte Symbol richtig zugeordnet, da klickte es im Inneren der Wand. Ein Spalt erschien und zischend entwich Luft durch den immer größer werdenden Spalt. Leon stand mit offenem Mund davor und ließ vor Verblüffung fast seine Lampe fallen.

"Du hattest Recht!" rief er.

"Klar! Hier, hältst du mal?" grinsend reichte Xenia ihm Nomi und er nahm das Buch wortlos an sich. Sie zerrte eine frische Fackel aus der Wandhalterung und während sie zum Feuer zurückging, um die neue Fackel anzuzünden, beleuchtete Leon das Buch und Nomi wachte auf und blinzelte. Leon ließ ihn vor Schreck fallen.

"Was, was ...ist das denn?"

Er hielt den Lichtkegel seiner Lampe auf das Buch gerichtet, während Nomi sich wie üblich beschwerte.

"Junge Dame, ist das vielleicht eine Art, jemanden in meinem Alter zu behandeln? Du kannst mich doch nicht einfach runterwerfen!"

Leon starrte ihn sprachlos an, während Xenia sich zu ihnen gesellte und sie einander vorstellte.

"Nomi, das ist Leon. Leon, das ist Nomi. Seid lieb zueinander, Jungs!"

Leon fasste sich und räusperte sich. Er hob das Buch auf und staubte es ab.

"Äh, guten Tag Herr Nomi. Tut mir wirklich leid, dass ich sie fallengelassen habe."

Nomi machte einen Schmollmund und gab sich stur.

"Jetzt sag' schon was!" forderte Xenia. "Leon ist im Übrigen keine Dame, sondern ein Typ."

"Das sehe ich jetzt auch. Na gut, ich will das ausnahmsweise Mal durchgehen lassen." sagte Nomi. "Normalerweise würde ich ihn jetzt in ein Huhn verwandeln oder so was."

Leon wurde bleich. Xenia musterte eine große Leinentasche, die neben Leon lag und in der normalerweise sein Tagebuch und seine Werkzeuge steckten.

"Sag' mal, passt er da rein? Ich habe die Nase voll davon, ihn die ganze Zeit unter dem Arm mitzuschleppen!"

"Und ich will nicht mehr so rumgetragen werden! Das ist unbequem!" kommentierte Nomi.

Xenia blieb gelassen aber antwortete schlagfertig:

"Ach wirklich? Spring du doch mal über Lava oder flieg durch das Weltall, mit 'nem Riesenbuch in der Hand!"

Leon reichte ihr seine Tasche.

"Hier, nimm' sie! Ich hole meine Kantine."

Xenia steckte Nomi hinein und schwang sich den Riemen über die Schulter. Er ging zurück zum Camp, holte seine Sachen und schob Sand über das Feuer. Leon verstaute sein Tagebuch in einer weiteren Tasche, die er aus dem Zelt holte.

"Gehen wir?" fragte er abenteuerlustig.

"Kannst es wohl kaum noch abwarten, oder?"

Leon nickte.

"Ich frage mich, was wir dort finden werden. Für einen Archeologen gibt es nichts Größeres!"

"Eines ist sicher", meinte Xenia besorgt, "dort unten erwartet uns nichts Gutes. Wenn wir Pech haben, wartet dort nur der Tod."

"Ohne dich wäre ich wahrscheinlich sowieso hier gestorben und kein Mensch hätte jemals von mir erfahren. Nur ein weiterer Abenteurer, der sich zu tief in die Ruinen gewagt hat..."

Xenia ging voraus und Leon folgte ihr. Er beleuchtete jeden Zentimeter der Wand, als hoffte er dort unglaubliche Entdeckungen zu machen. Aber alles, was sie sahen, war grob behauener Stein. Diesmal befanden sie sich in einem riesigen Raum, der zylinderförmig in den Sand gebohrt war und noch tiefer hinunterführte, als sie es ohnehin schon waren.

"Das Tor zur Unterwelt", flüsterte Leon.

Sie nahmen die Stufen Schritt für Schritt und umrundeten langsam den Raum. Auf den Stufen lag überall Sand, der es schwierig und gefährlich machte, sicheren Halt zu finden. Einige Stufen waren ganz oder teilweise weggebrochen und der Abstieg sah gefährlich aus.

Kapitel 7 - Auris

Als sie kaum die ersten Stufen genommen hatten sahen sie ein Licht, das ihnen entgegenkam. Es schien von einer riesigen Fackel zu kommen - eine kontrollierte Explosion aus Flammen und Licht. Undeutlich erkannten sie in der Flamme die Form eines großen Vogels.

"Der Phoenix!" triumphierte Leon. "Es gibt ihn also wirklich!"

"Nur, dass er Auris heißt", korrigierte Xenia ihn.

Sie gingen wachsam weiter und stiegen vorsichtig weiter hinab. Ab und zu fehlten ein paar Stufen, die sie übersprangen, doch insgesamt kamen sie gut voran. Das Licht unter ihnen wurde immer klarer und heller, je näher sie kamen. Bald sahen sie in seinem Flackern einen undeutlichen, riesenhaften Schatten, der nur entfernt menschlich wirkte.

"Was ist das andere Ding? Wer ist das?" fragte Leon.

"Keinen Schimmer", zögerte Xenia und beobachtete, was unter ihnen vorging.

Das Wesen, das schnaufend und mit Ketten rasselnd immer näher kam, war riesenhaft und unheimlich. Es sah aus wie eine Mumie, der man einen zu großen Mantel geschneidert hatte, welcher jetzt in Fetzen überall herunterhing.

Auf seinem Rücken war ein gewaltiger Buckel. Verschnürt wurde alles durch Lederriemen, die kreuz und quer über den Körper gebunden waren, als sollten sie ihn zusammenhalten. An einem dieser Lederbänder hing Auris – der goldene Vogel. Er sah aus, wie ein übergroßer Kolibri, nur, dass er ebenfalls eine Maske aufhatte, die den vorderen Teil des Schädels verdeckte. Er schlug unablässig mit den Flügeln und versuchte dem Riemen um seinen Körper zu entkommen. Aber der Sandmann hielt ihn fest und beleuchtete so seinen Weg. Jetzt erst bemerkte Xenia, dass der Buckel des Riesen in Wahrheit ein Beutel war – ein Sack, aus dem unablässig Sand rieselte, weil er undicht war. Sie fragte Leon:

"Was machen wir jetzt? Wir kommen nicht an ihm vorbei und wir wissen nicht, was er ist. Meinst du, wir können mit ihm kommunizieren?"

Leon studierte das Wesen eingehend und schüttelte sich vor Abscheu. Es schnaufte und humpelte aufwärts, machte dabei jammernde Laute, die unheimlich durch den hohen Raum hallten.

"Ich glaube ich weiß, wer das ist!" meinte Leon.

"Der Sandmann!" klärte er sie auf. "Ich habe von einem Fluch gehört. Eine Geschichte, die die Einheimischen sich hier erzählen. Über einen Königssohn, der die Frau eines anderen liebte und dazu verflucht wurde, Sand in eine niemals endende Sanduhr zu gießen: bis die Zeit selber endet. Das da sieht genauso aus wie die Legende!"

"Und wo ist die Sanduhr?" fragte Xenia.

"Ich glaube, wir laufen um sie herum," vermutete Leon und leuchtete in die Mitte des Raumes. Dort schimmerte tatsächlich eine gläserne Oberfläche. Aber sie konnten sie im Dämmerlicht kaum erkennen.

"Was sollen wir machen? Was schlägst du vor?" fragte Xenia.

"Wir sollten zurückgehen und unser Vorgehen planen." schlug Leon vor. "Der Sandmann wird uns als Bedrohung sehen und vielleicht angreifen, sobald er uns sieht."

Xenia nickte.

"Ich stimme dir zu. Vielleicht können wir irgendwie diese Schnur durchtrennen und den Vogel befreien."

Doch kaum hatte sie diesen Satz beendet, als der Sandmann ein furchtbares Brüllen anhob, das ihnen durch Mark und Bein fuhr. Die Wände erzitterten und von überall her rieselte der Sand herunter. Es war zu spät - er hatte sie bemerkt. Mit erstaunlicher Geschwindigkeit begann er jetzt zu laufen und kam die Treppe sehr viel schneller hoch als zuvor.

"Warum passiert das immer mir?" seufzte Xenia.

Sie wandte sich Leon zu und musste ihm nicht extra sagen, dass er laufen sollte. Denn er stieg bereits so schnell er konnte die Treppe wieder hoch. Vor einer der Lücken in der Treppe wartete er auf Xenia, um ihr hinüber zu helfen. Er katapultierte sie über den Spalt und Xenia landete sicher auf der anderen Seite.

"Fang!" rief Leon und warf ihr zuerst die Lampe und dann seine Tasche mit dem Buch zu. Xenia schnappte sie und hatte erst jetzt Zeit, über Leons Situation nachzudenken.

"Wie kommst du jetzt rüber?" fragte sie ihn.

"Gar nicht! Geh' weiter, kümmer' dich nicht um mich!"

"Nein! Nein – das kann ich nicht!" protestierte Xenia.

"Ich habe es dir vorhin schon gesagt: ohne dich wäre ich sowieso längst tot." er seufzte. "Es macht keinen Unterschied, ob es der Sandmann ist, oder ob ich verdurste. So ist es mir sogar lieber. Aber du musst überleben!"

Xenia biss sich auf die Unterlippe und dachte nach.

"Ich komme wieder! Ich suche ein Seil, halt' durch!"

Xenia rannte wie von Sinnen bis zum oberen Treppenabsatz und sah vor sich schon die Öffnung in der Wand, als sie auf einen Steinblock trat, der einen unsichtbaren Schalter auslöste. Das Tor in der Wand schloss sich blitzschnell und der Boden auf dem sie stand kippte seitwärts. Xenia fiel hin und rutschte herunter in die Dunkelheit und ins Zentrum des Raumes. Ihre Lampe war zerbrochen und erloschen. Durch einen schmalen Spalt fiel sie ein Stück weit hinab und landete dann unversehrt auf kühlem Sand.

"Autsch," rief Xenia.

Leon fragte:

"Was ist passiert? Bist du okay?"

Sie rappelte sich auf und ging unsicher vorwärts. Sie konnte ihn nur schwach hören.

"Ich bin irgendwo runtergefallen. Das Tor ist wieder zu, und ich sehe nichts. Meine Lampe ist zerbrochen!"

Sie tastete sich vorwärts doch da war nichts zum Tasten, nur Sand. Plötzlich erfasste sie ein Sog und zog sie an den Beinen herab. Xenia landete wieder auf ihrem Hintern und rutschte durch die Öffnung der Sanduhr. Sie flog mehrere Meter tief und wurde von dem Wasserfall aus Sand über ihr fast begraben. Auris Licht leuchtete nicht weit vor ihr und sie sah Leon, der am Rand der Treppe gefangen war. Sie lief auf ihn zu und prallte zehn Meter entfernt von ihm gegen die Glaswand der Sanduhr. Mit den Fäusten hämmerte sie dagegen, damit er sie bemerkte.

"Bist du das?" rief Leon.

"Ja, ich bin in die Sanduhr gefallen!" bestätigte Xenia. "Aber ich habe eine Idee! Trenn' die Leine durch. Befreie den Phoenix - ich meine Auris!"

"Was soll ich tun?" fragte Leon und zitterte, als der Sandmann die letzten Stufen hochstieg und direkt vor ihm stand. Er war wirklich riesig, wie eine unheimliche und tödliche Vogelscheuche. Der Sandmann betrachtete ihn aus leeren Augenhöhlen, riss dann seinen Mund auf und ließ einen gellenden Schrei los. Xenia und Leon gefror das Blut in den Adern. Xenia hämmerte mit aller Kraft gegen das Glas.

"Trenn' den Riemen durch!" schrie sie so laut sie konnte und legte dazu beide Hände um den Mund. Danach fiel sie auf die Knie und wühlte in der Tasche nach Nomi.

Leon hatte verstanden und als der Sandmann seinen Arm nach ihm ausstreckte, wich er ihm aus und kletterte daran hoch, bis er den Lederriemen in der Hand hielt. Er baumelte daran wie an einer Wäscheleine. Der Sandmann griff mit knochigen krallenartigen Fingern nach ihm aber Leon zog die Beine hoch und entkam den Klauen. Geschickt löste er sein Messer aus der Scheide und durchschnitt endlich das Band, als der Sandmann ihn doch noch zu fassen bekam. Er quetschte ihn mit seiner übergroßen Hand und Leon schrie vor Schmerz auf. Xenia stand währenddessen am Rand des Glases und hatte alles mit ansehen müssen.

"Oh Gott! Nein, nein!" fluchte sie und riss das Buch auf.

Augenblicklich erhellte ein Lichtblitz den Raum und der Sandmann ließ Leon geblendet fallen. Der konnte sich gerade noch so an die Stufen klammern, um nicht von der Treppe zu fallen. Auris war frei, und die Kraft des Buches zog ihn jetzt unwiderstehlich an. Der Sandmann griff nach dem goldenen Vogel. Aber Xenia hielt das Buch fest in ihren Händen und hatte den Dämon in ihrer Gewalt. Sie zog den Vogel immer weiter zu sich heran.

Xenia stemmte sich mit den Füßen in den Sand und hielt dagegen, während das Buch sie mit aller Macht in Richtung des goldenen Vogels zog. Schritt für Schritt gewann sie an Land und ging langsam rückwärts, zog den Dämon immer weiter weg vom Sandmann. Dieser stimmte ein ohrenbetäubendes Geheul an, als er erkannte, dass er verloren hatte. Doch dann geschah etwas Sonderbares.

Als Auris die gläserne Wand der Sanduhr berührte, begann diese zu vibrieren. Zuerst erschienen Kratzer auf der Oberfläche und spalteten das Glas dann, bis es zersprang. Der Weg war jetzt frei und das Buch saugte Auris ein und Xenia klappte es zu. Die Sanduhr zerbrach völlig, aber anstatt in Tausende scharfe Splitter zu zerfallen, wurde sie bloß zu feinem Sand, der glitzernd auf sie herabrieselte.

Ohne den leuchtenden Vorgel war es wieder dunkel, doch bald leuchteten, eine nach der anderen, sämtliche Fackeln im Raum auf, als hätte eine unsichtbare Hand sie alle angezündet. Jemand griff nach Xenias Hand und zog sie aus dem Sandhaufen. Sie hustete und schüttelte sich den Sand aus den Haaren.

"Danke Leon!" sagte sie, blickte zu ihm auf und erschrak.

Denn es war gar nicht Leon, der ihr aufgeholfen hatte, sondern der in einen weißen Kaftan gekleidete Prinz aus der Legende. Leon kam erst jetzt die Treppe heruntergelaufen und stieß zu ihnen.

"Wer ist das?" fragte er atemlos.

"Ich bin Prinz Tahrir Rakhim", sagte dieser und verbeugte sich. "Ihr habt einen Fluch gebrochen, der Tausend Jahre auf mir gelastet hat. Ich musste unentwegt diese Uhr füllen, und unten den Sand sammeln, der wieder herausrieselte. Solange, bis die Uhr zerbricht - oder bis die Zeit selbst endet!"

"Das heißt, du bist wirklich der Sandmann?" fragte Xenia.

"Sandmann?" er bemühte sich zu verstehen. "Oh ja, ich nehme an, so könnte man mich nennen. Aber jetzt bin ich frei und meine Seele kann Ruhe finden."

"Komm' mit uns!" schlug Leon vor. "Erzähl uns deine Geschichte!"

"Das kann ich nicht. Meine Zeit ist lange schon abgelaufen. Aber ich bin kein Sklave des Fluchs mehr und dafür danke ich euch! Ich will euch gerne anders helfen, wenn ich kann."

"Wir müssen zum nächsten Spiegel!" sagte Xenia. "Weißt du, wo das ist?"

"Ich führe euch dorthin!" sagte er und klatschte in die Hände. Vor ihnen öffnete sich ein Tor und auch in dem Gang dahinter leuchteten Fackeln und wiesen ihnen den Weg.

"Folgt dem Licht!" sagte Prinz Tahrir, "und ihr werdet bald dort sein!"

"Was wird aus dir?" fragte Xenia. "Kommst du nicht mit?"

"Ich kann nicht. Ich danke euch für meinen Frieden. Allah sei mit euch!"

Als er diese Worte sprach, begann er zu verblassen und aufzusteigen wie eine Wolke. Seine Form floss auseinander und wurden undeutlich, bis er sich in Luft auflöste.

Leon umarmte Xenia.

"Bin ich froh, dass dir nichts passiert ist!"

Sie antwortete:

"Geht mir genauso. Ich dachte schon, das war's jetzt!"

Leon war erleichtert und wieder voller Tatendrang.

"Du kennst den Weg hier raus, oder? Normalerweise würde ich das alles studieren wollen, aber im Moment bin ich froh, hier weg zu kommen!"

Xenia meinte:

"Mach dir keine zu großen Hoffnungen, dass es dort, wo wir hingehen besser wird..."

"Wohin gehen wir denn?" fragte er neugierig.

"Zurück zu Danai – zurück ins Limbo!"

Kapitel 8 - Ziggurat

Zuerst trat Xenia durch den Spiegel. In der Hand hielt sie eine Fackel aus dem Tempel. Sie stützte Leon, als der aus dem Spiegel trat. Diesmal landeten sie aber auf ebener Erde. Es war nicht einmal stockfinster wie sonst, denn ringsum wuchsen grünlich schimmernde Morcheln. Leon stolperte dennoch durch das Halbdunkel.

"Mann, das war wie eine Treppe im Dunkeln runterzugehen und nicht zu wissen, wo die letzte Stufe ist!" meinte er.

"Kein schlechter Vergleich", schmunzelte Xenia," aber glaub' mir, so problemlos bin ich hier bisher noch nie rüber gekommen."

Sie kramte in der Tasche und zog Nomi heraus. Als sie ihn ins Licht hielt, rülpste er.

"Mhmm – einen wunderschönen guten Morgen! Wieso schmecke ich Federn?" fragte er.

Xenia lachte laut.

"Oha, gute Laune! Das ist ja mal ganz was Neues!"

"Du wirst an mir noch viele neue Seiten entdecken, Xenia."

Sie starrte ihn an.

"Wie hast du mich genannt?"

"Xenia – das ist doch dein Name oder?"

"Ja, das stimmt. Aber du kannst dich doch sonst nie an etwas erinnern!"

"Tja, so langsam kommt alles wieder zurück. Ich fühle mich zwar immer noch wie ein halbes Buch, aber es geht mir zumindest besser!"

"Das freut mich zu hören!" meinte Xenia aufrichtig. Sie sah sich um und atmete tief ein.

"Es riecht irgendwie vermodert hier", bemerkte Leon.

"Ja, so riecht es im Limbo immer. Man gewöhnt sich daran."

Sie sah sich nach einem Ausweg um, aber überall lag nur braune Erde, durchbrochen von ein paar Steinbrocken und Leuchtpilzen.

"Danai, kannst du mich hören? Wir sind zurück!"

Nach ein paar Sekunden hallte Danais Stimme durch die Höhle.

"Ich höre dich Xenia. Wer ist bei dir?"

"Nomi und Leon. Er hat mir geholfen. Ich konnte ihn nicht zurücklassen."

"Damit hast du ihm keinen Gefallen getan. Der schwerste Teil eurer Reise liegt noch vor euch! Und der nächste Spiegel befindet sich hinter der Brutkammer."

"Brutkammer?" fragte Xenia. "Wer brütet denn dort – oder was?"

"Bitte lass es Vögel sein!" murmelte Leon.

"Die Spinnen", antwortete Danai nüchtern.

"Oh Gott, nicht wieder Spinnen!" sagte Xenia angeekelt.

"Ach", fand Leon, "die meisten Spinnen sind doch harmlos..."

"Warte erstmal, bis du sie gesehen hast! Aber scheinbar sind sie noch nichtmal das Schlimmste am Limbo. Lass' uns losgehen!"

Sie wandte sich wieder an Danai.

"Welchen Weg, Danai? Ich sehe hier keinen Pfad, überall nur Erde."

Danai antwortete:

"Der schmale Pfad ist hier immer der richtige. Du darfst nur nicht stehen bleiben. Und hört ja nicht auf die anderen Stimmen!"

"Welche Stimmen meint sie denn?" fragte Leon und sah sich verwundert um.

Xenia packte Nomi wieder ein und marschierte aufs Geratewohl los. Leon beeilte sich mitzuhalten. Unruhig beleuchtete Xenia die Höhlendecke, sah dort aber nichts.

"Ich frage mich auch, welche Stimmen sie meint", murmelte sie.

"Vielleicht nur die Stimmen in unserem Kopf", vermutete Leon und stapfte weiter hinter ihr her. Dann trat er auf einen Ast, der knackend zerbrach, woraufhin ein schauriges Geheul anhob. Reflexartig blieb er stehen, doch Xenia zog ihn weiter.

"Wir müssen weitergehen! Du musst hier genau das tun, was Danai uns sagt!"

"Danai heißt sie? So, so. Interessant. Ich frage mich, ob sie die Danai aus der griechischen Sage ist..."

Leon wollte gerade die Geschichte erzählen, als eine weibliche Stimme flüsterte:

"Nein, ist sie nicht! Ich bin die Danai aus der Sage! Hilf mir!"

Die Stimme schien aus dem Fußboden zu kommen und jetzt blickten Xenia und Leon nach unten und bemerkten die Köpfe, die sich aus dem braunen Boden erhoben und die sie musterten. Es waren also keine Steine, wie sie vermutet hatten, sondern menschliche Schädel, die sie aus tiefen Augenhöhlen betrachteten. Und der Ast den Leon eben zerbrochen hatte war auch kein Ast, sondern ein Armknochen, der aus der Erde geragt hatte. Er schauderte.

"Bleibt doch einen Moment stehen und redet mir mir!" flehte die Stimme hinter ihnen. Doch sie gingen weiter und waren auf der Hut, keinem der Gesichter mehr zu nahe zu kommen.

"Gruselig!" fand Leon. "Was sind das für Köpfe?"

Danai antwortete ihm:

"Das sind Lügner, die vom Boden verschluckt werden. Sie werden langsam zu Pilzfutter und immer neue folgen ihnen nach."

"Nicht stehenbleiben!" ermahnte ihn Xenia.

"Hört mir zu", sagte ein Kopf in der Nähe, der noch erstaunlich gut erhalten war und sogar noch einige Strähnen Haar aufwies.

"Ich war einer der reichsten Männer der Welt, und ich habe meinen Schatz vergraben. Smaragde, Gold und Rubine warten auf euch, wenn ihr mir die Hand reicht und mich herauszieht! Es soll alles euch gehören!"

"Wirklich?" fragte Leon interessiert aber Xenia zog ihn weiter.

"Lasst eine alte Frau nicht alleine in ihrem Kummer!" flehte ein weiterer Schädel. "Zuerst habe ich Mann und Kind verloren. Dann wurde ich von unserem Land getrieben und als Sklavin verkauft. Und jetzt ist dies mein Schicksal. Habt ihr denn kein Mitleid mit einer armen Mutter? Reicht mir eure Hand!"

Wie auf Befehl reckten sich plötzlich Hunderte Hände zugleich aus dem Boden und fuhren unruhig durch die Luft, als suchten sie nach Xenia und Leon.

"Helf uns! Helft uns!" flehten sie monoton.

Auf einmal wurde Xenia klar, wo der Pfad verlief. Denn zwischen den vielen Armen und Köpfen gab es einen schmalen Weg, der völlig frei von Hindernissen zu sein schien. Sie wies Leon mit einem Nicken darauf hin und deutete ihm an, ihr zu folgen. Sie hielt einen Finger vor den Mund und sie gingen schweigend weiter.

"Wo sind sie hin?" fragten die Stimmen. Und sie wetterten hysterisch: "Greift sie, greift sie euch!"

Leon und Xenia gingen unterdessen weiter, als eine Hand den Beutel mit dem Buch zu Fassen bekam und sich darin verkrallte. Xenia wurde davon heruntergezogen. Sie ließ die Fackel fallen und befahl ihm:

"Nimm'' meine Hand! Los!"

Sie griff nach Leons Hand, beugte sich herunter und zog Nomi aus der versinkenden Tragetasche. Das Buch beobachtete, wie die Knochenhand die Tasche hinab zog und damit unter der Erdoberfläche verschwand.

"Das war knapp!" sagte Xenia und fragte Nomi:

"Bist du okay?"

"Ja...danke!"

Sie war verblüfft, dass er sich bedankte.

"Du hast dich wirklich verändert, weißt du? Und so gefällst du mir viel besser!"

Xenia hob die Fackel auf und klemmte sich das Buch wieder unter den Arm.

"So ein Mist!" fluchte sie. "Ich war froh, endlich eine Tasche zu haben, wo ich ihn reinstecken kann!"

Leon kramte in seiner Ledertasche und zog sein Tagebuch heraus. Seufzend betrachtete er es und legte es dann behutsam auf den Weg.

"Gib' ihn mir. Ich werde ihn tragen!"

"Nein, nein – das geht doch nicht! Das ist dein Tagebuch, deine Aufzeichnungen und Forschungen. Das kannst du doch nicht alles zurücklassen!"

"Ich habe meine ganze Welt zurückgelassen. Es wird auch ohne das Buch gehen. Aber ohne ihn", er wies auf Nomi,"geht es nicht!"

Xenia übergab ihm Nomi und sie gingen weiter und erreichten den Rand der Erdmasse. Da begann der Boden unter ihnen zu beben und ein unheimliches Heulen vieler Tausender Untoter erfüllte die Höhle. Die andere Tasche kam in Fetzen wieder aus dem Boden geflogen und die Stimmen jammerten alle:

"Wir sind die Hüter der großen Kammer! Niemand kehrt zurück! Ihr sollt verflucht sein, denn keiner kann euch mehr helfen!"

Eine Welle lief über den Boden wie ein Erdbeben. Sie warf sie beide auf die Knie, doch danach war es still. Die Hände und Köpfe verschwanden hinter ihnen und Leon und Xenia erblickten vor sich einen Durchgang. Als sie näherkamen, hörten sie rauschende Wasserfälle und sahen, dass der Weg blockiert war. Aber eine Spindeltreppe erhob sich zu ihrer Rechten und führte weiter hinauf, durch ein Loch in der Höhlendecke.

Sie stiegen die Treppe hoch und als sie endlich die Köpfe durch die Öffnung am anderen Ende steckten, staunten sie nicht schlecht. Denn tief unter ihnen war ein See und sie standen kopfüber an der Decke einer weiteren Höhle.

"Aber das ist doch unmöglich!" entfuhr es Leon.

"Gewöhn' dich daran!" sagte Xenia gelassen und kletterte ins Freie. Sie ging vorwärts und stand wieder auf festem Boden. Vor ihr war eine Plattform und in der Tiefe unter ihnen lag erneut ein See.

Auf der Platform standen drei Säulen, darauf waren drei Stäbe, auf denen wiederum drei Scheiben von unterschiedlichem Durchmesser lagen. Hundert Meter unter ihnen am See, entdeckten sie einen Stufen-Tempel, der etwas kleiner als eine Pyramide war. Leon musterte das Bauwerk und wunderte sich:

"Ein mesopotamischer Tempel? Oder ist es doch vielleicht etwas ganz Anderes?"

"Was ist das für ein Tempel, Danai?" fragte Xenia.

Aber die vertraute Stimme antwortete nicht. Leon studierte die Stäbe und schweren Scheiben, die in der Mitte durchbohrt waren und perfekt auf die Stäbe passten. Xenia nahm die oberste Scheibe, die zugleich den geringsten Durchmesser hatte und wog sie in der Hand.

"Keine Aufschrift oder Zeichen, aber sie ist kühl...und gar nicht so schwer!"

Sie holte das Buch aus Leons Tasche und zeigte ihm die Scheibe.

"Nomi, weißt du, was das ist?" fragte sie.

"Eine Scheibe", antwortete das Buch. Xenia schüttelte den Kopf und steckte ihn seufzend wieder ein.

"Leg sie doch mal auf einen anderen Stab!" schlug Leon vor.

"Das wollte ich grade tun!" erwiderte Xenia und schob die Scheibe auf den linken Stab.

Daraufhin donnerte es laut durch die Höhle und der Boden wackelte, als wollte er sie abschütteln. Dann verstanden sie, was gerade geschehen war.

Die obere Etage des Tempels hatte sich verschoben und gedreht. Sie war durch die Luft geglitten und schwebte jetzt vor ihnen in der Höhle. Probeweise hob Xenia die Scheibe wieder an und steckte sie auf den mittleren Stab. Der Tempelabschnitt folgte und schwebte direkt vor ihr.

"Das erinnert mich an ein Kinderspielzeug." sagte Xenia.

"Wie funktioniert es?" fragte Leon neugierig.

"Naja, man baut den Turm ab und baut ihn auf der anderen Seite wieder auf. Du kannst immer nur eine Scheibe gleichzeitig bewegen. Und man kann keine größere Scheibe auf eine Kleine legen. Siehst du?"

Sie demonstrierte es mit der mittleren Scheibe und versuchte sie auf die kleinste Scheibe zu schieben. Wie bei zwei starken Magneten, die einander denselben Pol zugewandt hatten, schwebten die Schienen übereinander, kamen aber nicht in Kontakt. Stattdessen hob Xenia die Scheibe wieder hoch und steckte sie auf den linken Stab.

Wieder rumpelte es in der Höhle und es fielen einige Felsbrocken von der Decke und plumpsten in den See. Xenia war konzentriert auf die Lösung des Rätsels und sie war dankbar, dass Leon seine Augen und Ohren offenhielt. Es gefiel ihr, in Leons Nähe zu sein. Er sagte nicht viel, aber er war da, wenn sie ihn brauchte.

Sie hob die kleine Scheibe hoch und steckte sie auf die mittlere Scheibe. Daraufhin verschob sich die oberste Etage des Tempels wieder. Sie hatte es fast geschafft. Die letzte Scheibe war für sie alleine doch zu schwer. Leon half ihr und sie hoben sie in die Mitte. Es regnete wieder Steine und das Echo davon rollte durch die Höhle. Aber diesmal waren es eher Kiesel, die von der Decke prasselten und sie fanden mühelos Halt und Deckung, bis das Beben aufhörte.

Gemeinsam schoben sie so schnell es ging die kleine Scheibe nach rechts, die mittlere in die Mitte und schließlich die Kleine zuoberst, ebenfalls in die Mitte. Der Tempel stand komplett vor ihnen. Nachdem alle Scheiben an ihrem Platz waren öffnete sich auch das Tor. Ketten rasselten und eine Brücke wurde langsam ausgefahren und schloss perfekt die Lücke zwischen dem Tempel und der Plattform, an deren Rand sie standen.

"Geschafft!" sagte Xenia und wärmte sich die Hände in den Hosentaschen. Leon hob die Fackeln auf und folgte ihr ins Innere des Tempels.

Kapitel 9 - Spiderlinge

Im Tempel sah sich Xenia verwundert um. Hinter ihr lag eine mattschwarze Wand, durch die jetzt auch Leon trat. Sie blickten beide darauf und Leon steckte seinen Arm hindurch und beobachtete, wie die schwarze Oberfläche träge seinen Arm umschloss, als wäre sie aus Teer. Er zog den Arm langsam zurück und die Materie trennte sich wieder von ihm.

"Zumindest können wir hier wieder raus!" meinte er.

"Das bringt uns aber nichts! Unser Weg führt vorwärts, durch den nächsten Spiegel. Ich frage mich, ob wir überhaupt im Inneren des Tempels sind oder irgendwo ganz woanders hin teleportiert wurden.

"Teleportiert?" fragte Leon. "Interessantes Wort!"

"Ich habe es nicht erfunden, das war Star Trek", antwortete Xenia. "In welchem Jahr warst du eigentlich in Ägypten?"

"1928", antwortete Leon. "Warum?"

"Wir wären uns normalerweise niemals begegnet", erklärte sie. "Aber wir werden nicht nur teleportiert, sondern auch noch durch den

Raum und die Zeit geschmissen wie willenlose Voodoo-Puppen..."

"Und was ist das jetzt wieder - eine Wudupuppe?" fragte Leon.

"Ach komm!" antwortete Xenia leicht genervt. "Das kannst du alles noch lernen, nachdem wir durch den nächsten Spiegel gehen. Du darfst jederzeit aussteigen, nur nicht hier im Limbo! Wahrscheinlich landen wir beim nächsten Sprung sowieso tausend Jahre in der Zukunft und stehen da wie totale Idioten."

Leon scharrte verlegen mit dem Fuß im Sand.

"Was ist, wenn ich gar nicht aussteigen will? Was gibt es Größeres für einen Archäologen, als ein Abenteuer wie das hier? Vielleicht erklärst du mir irgendwann ja sogar mal, was wir hier überhaupt machen."

Er grinste sie an, Xenia lachte.

"Gerne, aber jetzt lass' uns zuerst in einem Stück hier wieder rauskommen! Ehrlich, du hast bisher noch nichts gesehen. Das Limbo ist komplett verrückt – und verflucht gefährlich!"

Sie folgten dem Weg durch die kleine Vorhöhle und stießen bald auf eine Reihe enger Tunnel, durch die sie nur gebückt weitergehen konnten.

Die Tunnel waren rund und regelmäßig und es sah aus, als hätte sich ein großer Wurm durch die Erde gegraben.

Ihnen wurde heiß und die Fackeln brannten hell und stieben knisternd Funken in die nass-warme Luft.

"Danai hörst du mich?" fragte Xenia.

Aber Danai antwortete ihr nicht und so gingen sie einfach weiter, bis sie ein schwaches Licht am Ende des Tunnels sahen. Xenia löschte ihre Fackel und Leon tat es ihr nach. Schweigend und vorsichtig bewegten sie sich weiter und traten aus dem Tunnel.

Es zischte und rasselte überall im Raum und Leon blieb wie angewurzelt stehen, als er die Quelle der Geräusche zum ersten Mal sah. Es waren Hunderte Spinnen in der Höhle. Riesige Spinnen, wie er sie noch nie gesehen hatte. Er schauderte und verzog den Mund.

"Oh mein Gott!" flüsterte er.

"Na, immer noch keine Angst vor Spinnen?" fragte Xenia grimmig.

Ihr gefiel der Anblick ebenso wenig. Sie kannte die Spinnen ja bereits, aber sie sah zum ersten Mal deren Brut. In massenhaft Fußball-großen Eiern reiften die Spiderlinge der nächsten Generation heran. Überall liefen Spinnen umher und befestigten mit ihrem Speichel zusammengeklebte Klumpen aus Hunderten Eiern an der Decke und den Wänden. Dazu trugen sie sie behutsam in ihren Greifern und schoben sie vor sich her. In den transparenten Eiern konnte man die zuckenden Spiderlinge sehen.

Sie schlichen vorwärts und achteten darauf, keine Geräusche zu machen. Quälend langsam gelangten sie immer tiefer in die Höhle. Bis sich plötzlich eine Spinne, die an der Decke ihre Arbeit verrichtet hatte, an einem Leuchtfaden direkt vor ihnen abseilte. Es war die größte der großen Spinnen, die Xenia jemals gesehen hatte. Ihr Hinterleib pulsierte und erzeugte dabei ein blaues Licht. Xenia und Leon erstarrten und beobachteten die Spinne, die ihre Arbeit wiederaufnahm und den nächsten Sack aus Spiderlingen aufsammelte. Sie hielten den Atem an und die Riesenspinne nahm keine Notiz von ihnen und wandte sich ab - bis Leon vor Erleichterung laut seufzte.

Die Spinne drehte sich sofort alarmiert um und hielt dabei eine Ansammlung aus etwa dreißig Eiern mit ihrem Kiefer fest. Darin sahen Xenia und Leon deutlich, wie sich die Spiderlinge bewegten und wie sie strampelten, um die Membran zu durchbrechen. Leon hielt es nicht mehr aus. Er packte Xenias Hand und rannte laut schreiend mit ihr los. Die Spinne ließ den Brutbeutel fallen und einige Eier zerplatzten auf dem Boden. Daraus krochen lauter Spiderlinge, die jedes bereits groß genug waren, um Xenia und Leon bis an die Knie zu reichen. Die große Spinne stieß eine Reihe abscheulicher Knack- und Zischlaute aus und alle Spinnen im Raum, begannen sich abzuseilen und den Boden nach den Menschen abzutasten. Sie nahmen die Erschütterungen war, die durch ihre Schritte verursacht wurden und kreisten sie ein. Xenia bemerkte das zuerst und riss Leon zurück. Hinter einem Stapel Knochen, zweifellos die Reste früherer Spinnen-Mahlzeiten, versteckten sie sich.

"Sie nehmen die Vibration unserer Schritte wahr!" rief sie. "Wir dürfen nicht laufen...oder schreien!"

Leon atmete hysterisch ein und aus und kämpfte sichtlich mit der Fassung, während Xenia sich einen Plan überlegte. Die großen Spinnen waren zwar ein Problem aber Sorgen machten ihr die vielen Spiderlinge, die leicht zu übersehen waren und inzwischen überall auf dem Boden herumkrabbelten. Nicht mehr lange und sie würden sie gefunden haben...

"Danai!" flüsterte Xenia. "Zeig' mir den Ausgang, oder wir sterben hier!"

Danais Stimme hallte durch den Raum und die Spinnen drehten sich in alle Richtungen, um das Echo ihrer Stimme zu orten. Für den Moment lenkte das die Aufmerksamkeit von Xenia und Leon ab.

"Ihr seid auf dem richtigen Weg! Steigt den Hügel hoch und flüchtet durch den Tunnel dahinter!"

Danai verstummte und Xenia spähte aus ihrer Deckung und sah den Hügel, von dem Danai gesprochen hatte. Sie wollte gerade wieder in Deckung gehen, als eines der Spiderlinge direkt auf sie zu kroch und drohend die Vorderbeine hob und kreischte. Es rief die anderen Spinnen. Xenia wartete keine Sekunde, sondern schlug die Spinnenbrut mit ihrer Fackel zurück und zwar so fest, dass diese zischend und quietschend durch den Raum flog. Die anderen Spinnen waren alarmiert und stelzten alle in Richtung der Geräusche. Ihre Fackel war zerbrochen und zähes Öl lief vor Xenia auf den Boden und auf den Stapel von Knochen und Dreck. Sie taste ihre Hose nach den Streichhölzern ab, aber fand sie nicht.

"Schnell!" verlangte Xenia. "Gib mir dein Feuerzeug!"

Leon kramte danach und förderte es zutage. Sie bekam es nicht gleich zu fassen und es fiel zu Boden. Sie suchten beide danach. Xenia fand das

Feuerzeug zuerst. Sie öffnete den Deckel, schnippte es an und hielt es an die Ölspur am Boden. Der Knochenhaufen flammte auf und die Spinnen schreckten vor dem Licht und der Hitze zurück. Die Flammen hatten sich so rasant ausgebreitet, dass Xenia sich verbrannte und das Feuerzeug fallen ließ. Einmal versuchte sie noch, es zu bergen, dann griff Leon ihren Arm und zog sie weg.

"Du zuerst" rief Xenia. "Lauf!"

Sie gab Leon einen Tritt in die richtige Richtung, als er strauchelnd auf die Beine kam. Er taumelte vorwärts und begann den Hügel aus Knochen und Geröll zu erklimmen. Die zweite Fackel lag noch am Boden. Xenia hob sie auf, zündete sie an dem brennenden Haufen an und schwenkte sie hin und her, um die Spinnen in Schach zu halten. Sie ging rückwärts auf den Hügel zu und kletterte quälend langsam daran hoch.

In der Höhle herrschte währenddessen immer noch Chaos. Eine der großen Spinnen war dem Hügel zu nahegekommen und dadurch selbst in Brand geraten. Sie rannte wild zischend zwischen den anderen Spinnen herum. An der Decke platzten die Eier und dutzende Spiderlinge, die zwar noch nicht voll entwickelt aber hungrig waren, suchten nach Nahrung. Xenia und Leon waren längst noch nicht in Sicherheit. Xenia trat mehrmals einige Spiderlinge weg, die versuchten, ihnen auf den Knochenhügel zu folgen. Ihre schweren Stiefel waren dazu bestens geeignet. Leon kletterte währenddessen auf allen Vieren immer höher und erreichte schließlich den oberen Rand. Er drehte sich zu ihr um und rief:

"Xenia, ich bin oben! Gib' mir deine Hand!"

Er machte einen großen Schritt abwärts und hielt sich mit einer Hand an einem Spinnennetz fest, während er die andere Hand nach ihr ausstreckte. Xenia konnte sich der vielen Spinnen nicht mehr länger erwehren und zerschmetterte die zweite Fackel auf den Knochen vor ihr. Sie schwenkte sie umher, so dass ein Halbkreis aus Flammen um sie herum aufleuchtete, der sich rasch in den Hügel fraß. Einige Spiderlinge verbrannten in den Flammen und krümmten sich hässlich zuckend, während schwarzer Qualm Xenia den Atem raubte. Sie kam jetzt schneller vorwärts und griff Leons Hand, der sie hastig nach oben zog. Unter ihnen brannte der Hügel lichterloh und das Feuer hielt die Spinnen immer noch zurück aber der ganze Bau war jetzt in Aufruhr. Einige der großen Spinnen hatten begonnen ihre Netze auf die Flammen zu sprühen und brachten das Feuer so wieder unter Kontrolle. Es war nur eine Frage der Zeit.

Leon und Xenia verschwanden im Tunnel, der etwas kleiner und unregelmäßiger war, als die Tunnel, die sie bis hierhergeführt hatten. Sie gingen durch die Dunkelheit und waren beide im Schock über das Erlebte. Leon entschuldigte sich:

"Ich bin vorhin durchgedreht. Ich konnte mich nicht mehr kontrollieren! Es tut mir wirklich leid!"

Xenia antwortete versöhnlich:

"Ich kann das gut verstehen. Immerhin leben wir noch, also quäl' dich nicht deswegen!"

Leon nickte und sagte nichts mehr. Der Tunnel war leer und führte aufwärts. Er schien zu klein für einen Spinnentunnel und Xenia war erleichtert darüber, dass ihnen zumindest die großen Spinnen hierher nicht folgen konnten. Es war pechschwarz und dunkel um sie herum.

"Ob das eine Art Belüftung für die Höhle ist?" wunderte sich Leon, während er gebückt stehen blieb. "Die Spinnen passen hier doch gar nicht durch!"

"Wir sollten auf alles gefasst sein. Wenn es nicht Spinnen sind, gibt es hier garantiert irgendwas Anderes, das scharf auf unser Blut ist. Heh, lass das!" Sie kicherte.

"Lass' was?" fragte Leon.

"Mich anzugrabbeln!"

"Ich habe meine Hände bei mir", antwortete er.

"Was ist dann..." bevor sie die Frage zu Ende gestellt hatte fand Xenia ihr Streichholzbriefchen doch noch wieder und zündete eines der Hölzer an. Sie leuchtete auf den Boden und an sich herab und sie sahen beide einen fetten Tausendfüßler, der an ihrer Hose hoch krabbelte. Der Boden war voller übergroßer Tausendfüßler, Kakerlaken und Asseln, die wie eine einzige wimmelnde Masse wirkten. Xenia ließ einen spitzen Schrei los und schlug den Tausendfüßler von ihrer Kleidung. Gott sei Dank war nichts passiert.

"Ich glaube, das sind Aasfresser", sagte Leon. "Die tun uns nichts, solange wir uns bewegen."

"Schön sind sie trotzdem nicht!" stellte Xenia fest.

Leon atmete tief durch.

"Diesmal drehe ich ganz sicher nicht durch! Wir werden einfach weitergehen, einfach weitergehen..." beruhigte er sich.

Doch dann ging das Streichholz aus und sie standen wieder im Dunkeln. Leon stampfte energisch auf die wimmelnde Masse unter ihm und wischte sich hektisch das Getier vom Hemd.

Xenia zündete ein neues Streichholz an und er beruhigte sich wieder.

"Zum Glück hast du noch Streichhölzer!" sagte Leon erleichtert. Xenia nickte und schützte die Flamme mit einer Hand, während sie weitergingen.

"Au!" fluchte sie nach einer Weile, als das Streichholz ausging und sie wieder im Dunkeln standen. Das Spiel wiederholte sich einige Male und die eklige Masse aus Kriechtieren wurde auch nicht weniger. Doch irgendwann kamen sie an eine Öffnung und es trennte sie nur eine schmale Hängebrücke vom nächsten Spiegel. Der stand leuchtend auf einem steinernen Dorn in der Mitte der Höhle. Über ihnen hingen zahllose Baumwurzeln von der Decke. Beleuchtet wurde die Höhle von schwammartigen Pilzen, die grünlich an den Wänden leuchteten. Am hellsten aber leuchtete das Licht aus dem Spiegel selbst. Links und rechts der Brücke verschwanden die Insekten hinab in die Dunkelheit. Aus irgendeinem Grund mieden sie die Brücke. Leon wunderte sich darüber.

"Vielleicht ist es das Holz? Möglicherweise irgendeine Holzart, die sie fernhält. So wie Sandelholz Mücken abhält."

"Mir ist egal, was es ist!" sagte Xenia und klopfte sich die letzten Insekten ab. Sie stellte probeweise einen Fuß auf die Brücke, die knarzend zu pendeln begann aber ihrem Gewicht Stand hielt.

"Ganz stabil!" stellte sie fest und ging hinüber. "Jetzt du!"

Leon machte einen Schritt auf die Brücke, aber er blieb wie angewurzelt stehen.

"Hilfe!" sagte er. "Ich stecke fest!"

Xenia sah' ihn verwundert an.

"Jetzt ist wirklich nicht die Zeit, Späße zu machen!"

"Ich kann mich keinen Zentimeter bewegen." sagte Leon. "Selbst die Hände nicht."

Noch während er sprach, begannen die Tausendfüßler und andere Insekten wieder an ihm hoch zu krabbeln und Leon beobachtete das panisch, konnte aber nichts dagegen tun. Er stand mit einem Fuß auf der Brücke, und konnte sich nicht rühren.

Xenia wollte umkehren, doch sie zögerte, die Brück zu betreten.

"Danai, was ist das? Was ist hier los?" fragte sie aufgeregt. "Antworte mir!"

"Die Brücke fordert ihr Opfer!" erwiderte Danais Stimme.

"Aber wieso konnte ich herüberkommen?" wollte Xenia wissen, doch Danai antwortete ihr nicht. Xenia dachte nach.

"Wenn ich dich berühre werde ich vielleicht selber gefangen...Das Buch! Du musst mir das Buch geben. Das ist der einzige Unterschied zwischen uns."

"Ich kann mich doch nicht bewegen," jammerte Leon.

Xenia improvisierte und riss eine der Wurzeln von der Decke. Wie ein langes Seil war sie flexibel und geschmeidig. Sie wog sie in der Hand und machte eine Schlinge und verknotete sie. Dann rollte sie die Wurzel auf und ging zurück zur Brücke. Mit ihrem Wurzel-Lasso versuchte sie Leon einzufangen, musste aber bald einsehen, dass ihr das nicht gelang. Leon stiegen die Insekten inzwischen bis zum Hals hoch. Bald würden sie seinen Mund und seine Augen erreichen.

"Mach schnell", flehte er.

Anstatt der Lasso-Idee versuchte Xenia es mit etwas Anderem. Wie eine Peitsche schwang sie die Wurzel. Sie knallte durch die Luft und nach ein paar Versuchen schlang sie sich um den Riemen der Tasche. Die vielen kleinen Wurzelfäden verhakten sich und mit einem Ruck riss Xenia die Tasche zu sich hinüber. Leon war frei, seine Hände und Beine lösten sich und er schüttelte angewidert die Krabbeltiere ab, die ihm schon bis an das Kinn gekrochen waren. Ohne das Buch kam er mühelos über die Brücke herüber.

"Warum hast du mir nichts davon gesagt? Dass es an Nomi liegt, meine ich?" fragte Xenia ärgerlich.

Danai antwortete schwach und leise:

"Ich wusste nichts davon."

Xenia schmollte:

"Okay, für den Moment will ich das mal glauben! Aber ich erwarte, dass du ehrlich bist. Wir riskieren hier schließlich unser Leben!"

"Es ist fast so, als wollte etwas das Buch hier unten halten", grübelte Xenia. "Wie geht es ihm?"

Leon hob seine Tasche auf und zog Nomi heraus.

"Bist du in Ordnung Nomi? Geht es dir gut?"

Das Buch blinzelte und sah ihn scharf an.

"Ob es mir gut geht?" fragte es mürrisch. "Ich werde die ganze Zeit von euch herumgewirbelt!"

"Es geht ihm gut!" antwortete Leon und steckte Nomi zurück in seine Tasche. Sie betrachteten gemeinsam den leuchtenden Spiegel. Leon rief:

"Wer als letztes durch den Spiegel geht, ist ein mürrisches altes Buch!"

"Das hab ich gehört!" murmelte es aus der Tasche und Leon und Xenia lachten. Xenia ging zuerst durch den Spiegel und Leon folgte ihr auf dem Fuß, mit Nomi in seiner Tasche.

Kapitel 10 - Cabinda

Als hätte sie einen Tritt bekommen, flog Xenia
durch den Spiegel und landete auf der anderen
Seite. Zu allem Überfluss kam Leon nicht sanfter
herüber und fiel direkt auf sie. Nachdem sie sich
aufgerappelt hatten, blickten sie in einen Halbkreis
aus sich bekreuzigenden Mönchen, die zum
gemeinsamen Gebet in der Abtei
zusammengekommen waren und sie fassungslos
anstarrten.

"Unsere Gebete sind erhört worden!" pries einer
der Mönche schließlich. Die anderen nickten
zustimmend, während Leon und Xenia einander
rätselnd ansahen und keine Ahnung hatten, was
vor sich ging. Ein fülliger Mönch in einer
schwarzen Kutte, die deutlich feiner war als das
Sackleinen der anderen Brüder und der ein
schweres goldenes Kreuz um den Hals trug, trat
auf sie zu. Seine Nase war rot und groß wie eine
Knolle. Aber seine Augen waren wach und
freundlich.

"Willkommen Freunde! Ich bin Abt Rebiére. Wir
freuen uns, dass unsere Gebete erhört worden
sind!"

"Danke...Abt. Aber, wo sind wir hier?" fragte Xenia.

Ein Flüstern ging durch die Reihe der Mönche und der Abt gebot mit einer Handbewegung Stille.

"Ihr seid im Kloster Mont-Saint-Michel, der Heimat des Ritterordens von Saint-Michel."

"Und sagt ihr mir auch, welches Jahr es ist?"

Wieder ging ein Raunen durch den Raum und der Abt sorgte erneut rasch für Ruhe.

"Natürlich, mein Kind. Es ist das Jahr 1456 unseres Herrn."

Leon pfiff und neckte sie:

"Wow, ja genauso, wie du's vorhergesagt hattest. 'Wahrscheinlich landen wir tausend Jahre in der Zukunft...'"

Er kicherte und Xenia brachte ihn mit einem Ellbogencheck zum Schweigen.

"Wir sind hier, um zu helfen!" sagte sie.

Der Abt und die Mönche bekreuzigten sich mehrmals und murmelten:

"Gott sei Lob und Dank, Gotteslob und Dank!"

Xenia wartete geduldig, bis sie fertig waren und erklärte dem Abt:

"Mein Name ist Xenia und mein Begleiter heißt Leon."

"Können wir unter vier Augen sprechen?" bat sie den Abt.

Er nickte und signalisierte den anderen Mönchen, zurück an ihre Arbeit zu gehen.

"Natürlich Kind, bitte folgt mir in mein Studierzimmer."

Die schwere Holztüre zur Klause des Abtes schwang unter quietschendem Protest ganz auf und schloss sich ebenso schwer und laut wieder hinter ihnen.

"Wie ein Tresor!" bemerkte Leon.

Der Abt setzte sich hinter den Tisch und bot den beiden zwei Holzstühle mit hohen Lehnen an, die gotisch-spitz am oberen Ende zusammenliefen.

"Lasst mich von unserem Leid berichten." begann er und erklärte dann die Situation:

"Mont St. Michel ist eines der bedeutendsten Kloster Frankreichs. Wir waren Bewahrer des heiligen Grals und sind Wallfahrtsort für Tausende Gläubige. Aber seitdem der Riese durch den

Spiegel kam, liegt ein Fluch auf unserem Kloster und wir verlieren all unsere Reichtümer und Reliquien."

"Der Gral war wirklich hier?" fragte Leon interessiert. "Wo ist er denn jetzt?"

"König Artus holte ihn zurück nach Britannien", antwortete der Abt.

Xenia war an ganz anderen Dingen interessiert.

"Dieser Riese, der durch den Spiegel kam – wie sah er aus?"

Der Abt schüttelte sich.

"Furchtbar, ganz furchtbar! Er war orange und über und über behaart. Zuerst griffen nur seine Arme aus dem Spiegel und er schien gar nicht hindurchzupassen. Aber dann schaffte er es irgendwie, sich hindurchzuzwängen. Seine Beine sind wie die Arme, lang und voller Haare, mit Händen statt Füßen an deren Ende. Er krümmte und bog sich und stand plötzlich vor uns im Raum."

"Trug er eine Maske oder so etwas Ähnliches?" fragte Xenia weiter.

"Oh ja, eine furchteinflößende Maske mit starren Augen. Sie war aus Knochen oder Holz geschnitzt und bemalt mit Farben wie Blut und Asche."

"Keine Sorge, Abt. Wir befreien euch von dem Dämon!" machte Xenia ihm Mut.

"Würdet ihr uns durch das Kloster führen und uns zeigen, wo sich der Dämon Eintritt verschaffte und was er genau gestohlen hat?" fragte sie.

"Natürlich, meine Kinder!" erklärte der Abt.

"Und Eins noch: könnt ihr bitte aufhören mich 'Kind' zu nennen? Mein Name ist Xenia!"

"Selbstverständlich, meine Tochter!"

Xenia runzelte die Brauen.

"Nein, X-E-N-I-A! Ich möchte Xenia genannt werden...und der hier heißt Leon!"

Der Abt entschuldigte sich:

"Ach so, na gut dann – Xenia und Leon. Verzeihung! Ich wollte euch gegenüber nicht respektlos sein. Wenn es euch gefällt, könnt ihr mich auch gerne einfach 'euer Gnaden' nennen."

"Ich glaub', ich bleib lieber bei 'Abt'!" brummte Xenia und folgte dem Priester, der wieder mit seinem ganzen Gewicht an der Tür zerrte, um sie zu öffnen. Leon studierte die Buchrücken im Studierzimmer und musste von Xenia heraus geschleift werden, weil er sich gar nicht sattsehen konnte.

Erst hinter dem Kreuzgang des Klosters, als sie auf einer Balustrade standen, die weit über das Meer blickte, erkannte Xenia, dass sie sich auf einer Insel befanden. Oder besser gesagt: auf einem großen Felsen, der in etwa einen Kilometer vom Festland entfernt im tosenden Meer lag.

"Wow!" entfuhr es ihr. "Ist ja ein toller Platz für ein Kloster!"

Der Abt nickte.

"Niemand war jemals in der Lage, es zu stürmen. Bei Ebbe kommt man mit einem Heer nicht schnell genug herüber und jedes Boot kentert in den Fluten! Wir sind sehr stolz auf unser Benediktinerkloster!"

Auch Leon nickte anerkennend.

"Ich habe von diesem Kloster gelesen", sagte er zu Xenia. Zu meiner Zeit ist es eine Ruine. Davor war es lange Zeit ein Gefängnis. Wir sind in seiner goldenen Epoche hier!"

"Wie meinen?" fragte der Abt, der Leon nicht verstand.

"Ich hatte nur eine Frage an meine – äh – Kollegin!"

"Was uns aufgefallen ist", führte der Abt weiter aus, "ist, dass der Dämon sehr an Gold und Silber interessiert ist. Er sammelt nur Gegenstände die großen Wert haben und verschleppt sie irgendwohin."

"Habt ihr denn gar keine Ahnung, wohin er sie bringt?" fragte Xenia.

"Wir haben eine Treibjagd veranstaltet aber die Hunde verlieren die Witterung und er ist zu schnell und gewandt für uns. Wenn wir ihn stellen, verschwindet er einfach über die Dächer und entkommt uns."

Xenia klopfte auf Leons Tasche.

"Keine Sorge, Abt. Wir haben eine Falle für euren Riesen, der er nicht entkommt! Wir müssen ihm nur einen Hinterhalt stellen, damit er uns nicht entwischt, während wir die Falle zuschnappen lassen!"

Der Abt bekreuzigte sich.

"Ihr seid eine Heilige, mein Kin...Xenia! Wir werden für euch beide beten und eure Taten in unserer Chronik für die Ewigkeit bewahren!"

Guten Mutes führte er sie die Treppe hinunter in das Dorf, das rund um das Kloster erbaut war und dessen enge Straßen wie Schluchten in die Tiefe fielen. Hunderte Treppen schnitten durch den Berg. Und in der Ortschaft tummelten sich überall

Träger mit ihren Waren, zwischen Hunden und Katzen, die einander jagten. Nebeneinander liefen dort Hühner und anderes Geflügel herum, sowie viele Kinder, die Fangen spielten und für die die Erwachsenen nur weitere Hindernisse waren. Der Ort war voller Leben und Farbe und über den engen Gassen hingen wie bunte Fahnen die Kleider der Leute und trockneten im Wind.

Brunnen sprudelten munter, während sie abwärtsgingen und schließlich auf ein Wirtshaus zusteuerten.

"Wir wollen eure Ankunft feiern!" sagte der Abt. "Hier könnt ihr essen und trinken, sowie ein Bett finden, um euch auszuruhen. Morgen jagen wir dann den Riesen!" sagte er voller Vorfreude und es war nicht ganz klar, worauf er sich mehr freute – das Essen oder die Jagd.

Xenia seufzte und dankte ihm aufrichtig.

"Wisst ihr, das hier ist genau das Richtige! Ich kann wirklich mal etwas Ruhe gebrauchen! Und Leon hier wird es sicher auch nicht schaden! Danke!"

Sie betraten die Herberge und waren umringt von einer lärmenden Kinderschar und Leon erkundigte sich, woher all die Kinder kamen.

"Das sind Teilnehmer einer Kinderwallfahrt", erklärt der Abt und setzte sich.

Er bestellte für sie Käse, Fisch, eingelegtes Obst und Gemüse und einen großen Laib köstlich duftendes Brot, das noch dampfte, weil es frisch aus dem Ofen kam. Dazu tranken sie Weißwein und dünnes Bier und die Runde wurde immer größer und geselliger, bis alle schließlich auf die Gesundheit der Helden anstießen und ihnen zuprosteten. Irgendwann beugte sich die Herbergsmutter zum Abt herunter und flüsterte ihm etwas ins Ohr. Dabei sah sie Xenia und Leon an.

"Sie möchte wissen, ob ihr verheiratet seid." erklärte der Abt.

"Warum?" fragte Xenia verblüfft.

Der Abt räusperte sich.

"Nun, wegen der Wallfahrt sind alle Betten belegt. Sie hat es mit Mühe geschafft, ein Zimmer für euch herzurichten..."

Leon schüttelte den Kopf.

"Das ist absolut keine..."

Xenia fuhr ihm ins Wort.

"...Problem! Kein Problem – nicht wahr, Leon...Schatz?"

117

Leon war von Begriffsstutzigkeit geplagt, bis Xenia ihm zuflüsterte:

"Oder willst du lieber hier auf dem Boden schlafen?"

Er verstand und bedankte sich überschwänglich bei der Wirtin, die ihm einen misstrauischen Blick zuwarf und ging. Sie hoben die Becher und prosteten dem Brautpaar zu.

"Das nenne ich eine Blitzhochzeit!" sagte Leon leise.

"Bild dir nichts darauf ein", antwortete Xenia vergnügt. "Morgen früh reiche ich die Scheidung ein!"

Sie mussten beide lachen und die Feier ging weiter. Als Xenia vor Müdigkeit die Augen zufielen, löste der Abt die Runde auf und verabschiedete sich herzlich von ihnen. Und Leon – der auch nicht mehr nüchtern war – stützte Xenia auf dem Weg in ihr Zimmer.

"Das war die beste Feier meines Lebens!" sagte Xenia mit schwerer Stimme.

"Was ist das wohl für ein Leben?" fragte Leon.

"Ein seltsames, glaub mir!" sie hickste. "Ich bin eine Waise und nur mein Onkel Glen und Tante Isa – eigentlich sind sie gar nicht mit mir verwandt –

haben mich großgezogen. Ich weiß nicht mal, wer ich wirklich bin..."

Eine Träne kullerte ihr aus den Augen. Leon murmelte:

"Und ich dachte, dein Leben war ein einziges großes Abenteuer!"

"Ach was, Abenteuer sind etwas ganz Neues für mich! Ich habe immer nur gearbeitet...aber weißt du was? Ich mag das Abenteuer! Und ich mag dich! Und...ich bin todmüde!"

Sie gab ihm einen schmatzenden Kuss auf die Wange und Leon lief rot an wie eine Tomate und stützte sie auf den paar Metern, bis zu ihrem Zimmer. Als er sie kurz losließ, um die Tür zu öffnen, plumpste Xenia wie ein Sack um und begann schon zu schnarchen, bevor sie auf dem Boden landete. Leon grinste.

"Betrunkene sagen doch immer die Wahrheit!"

Er hob sie auf und trug sie vorsichtig in das Zimmer, stieß die Tür mit dem Fuß zu und legte sie auf das Bett. Umständlich schnürte er ihr die Stiefel auf und stellte sie neben das Bett. Dann zog er seine eigenen Stiefel aus und fiel, ebenfalls erschöpft, in das gemütliche Strohbett, in dem er glücklich und zufrieden versank.

Leon wachte in der Nacht auf, als Xenia ihn aus dem Bett schubste.

"Was machst du?" fragte er verschlafen und dann hörte er sie wispern.

Leon sah über den Bettrand und fand Xenia immer noch schlafend vor. Aber sie war wie in einer Trance und bewegte ihre Arme mit flüssigen Bewegungen als sei sie unter Wasser. Dazu flüsterte sie Worte in einer Sprache, die Leon nicht erkannte:

"Corvinto, Sabra-Khan, Deonan!"

Sie wälzte sich unruhig umher und flüsterte dann:

"Entropy, Auris, Cabinda, Furtiva..."

Es blitzte und stürmte vor dem Fenster. Xenia öffnete die Augen und Leon sah darin keine Pupillen, nur leuchtendes Weiß. Sie bäumte sich auf und rief etwas, das er nicht einmal verstand. Dann sank sie erschöpft zurück ins Bett und schloss die Augen. Ein Schatten fiel über Leon auf den Boden und als er sich umsah, erblickte er im Fenster die Maske des Dämons. Er sah wie ein großer Orang-Utan aus und spähte neugierig ins Zimmer. Als sich ihre Blicke trafen und Leon erschrocken rückwärts gegen das Bett prallte, stieß der Affe einen hohen Schrei aus und machte dann einen gewaltigen Sprung weg vom Fenster. Leon stand auf und sah aus dem Fenster. Er verfolgte, wie der Affe über die Häuser lief, sich von Dach zu Dach schwang und schließlich den höchsten Turm des Klosters erkletterte und durch ein Loch im Dachstuhl verschwand.

Erschüttert setzte sich Leon aufs Bett und strich Xenia über die Stirn. Sie war fiebrig und unruhig, aber ihr Zustand normalisierte sich wieder. Ein wenig erleichtert zog er seine Hand zurück und betrachtete Xenia dennoch besorgt. Er sah noch einmal aus dem Fenster. Regen prasselte jetzt dagegen und Leon lag auf dem Rücken und kämpfte vergeblich um etwas Schlaf. Er setzte sich auf einen Hocker und zog ein Papier und seinen Stift aus der Tasche und schrieb alles auf, was Xenia gesagt hatte – so gut er es verstanden hatte, zumindest.

Am nächsten Morgen weckte ihn Xenia:

"Du schläfst wie ein Stein, weißt du das? Ich versuche seit fünf Minuten, dich aufzuwecken."

Leon gähnte und richtete sich auf. Er sah aus dem Fenster. Der Himmel war immer noch verhangen und es war windig aber zumindest regnete es nicht mehr.

"Wirklich? Ich hatte Probleme...einzuschlafen." er musterte sie. "Wie fühlst du dich?"

Sie fasste sich an den Kopf.

"Ich habe Monster-Kopfschmerzen. Ich hätte gestern nichts trinken sollen!"

Leon saß einen Moment da und haderte mit der Wahrheit. Schließlich sagte er:

"Ich habe ihn gesehen – den Dämon. Als ich gestern nicht schlafen konnte. Er versteckt sich im höchsten Turm des Klosters."

Xenia wirkte erfreut und war guter Dinge.

"Das sind ja wunderbare Neuigkeiten. Lass' uns gleich zum Abt gehen und mit ihm darüber reden!"

Im Zimmer des Abtes saßen sie beieinander und diskutierten ihre nächsten Schritte. Zunächst einmal mussten sie bestätigen, dass Leon nicht fantasiert hatte und sich der Dämon wirklich auf dem Turm befand.

"Dieser Turm ist nie fertiggestellt worden", gab der Abt zu bedenken. "Die Treppe führt nicht bis nach ganz oben und der Dachstuhl ist voller Löcher."

"Dann müssen wir klettern!" erklärte Xenia und rieb sich die Stirn.

"Hast du immer noch Kopfschmerzen?" fragte Leon.

"Kopfschmerzen? Ich glaub' ich hab Alles-schmerzen", versuchte sie zu scherzen. Der Abt stand auf, öffnete sein Kabinett und klimperte darin mit Flaschen und Gläsern herum. Leon und Xenia warfen einander verwunderte Blicke zu und warteten ab. Dann wandte sich der Abt wieder ihnen zu und stellte ein kleines Glas vor Xenia auf den Tisch.

"Trink das!" forderte er sie auf. "Es hilft."

Xenia nahm das Glas und betrachtete die grünliche Flüssigkeit darin, dann hob sie es an den Mund, leerte es in einem Zug und verzog das Gesicht.

"Bitter!" sagte sie und fragte: "Was ist das?"

"Kräuterschnaps", erwiderte der Abt und schloss sein Kabinett.

"Feuer mit Feuerwasser bekämpfen", grinste Leon und wollte wissen:

"Und wie geht es dir jetzt?"

Xenia schürzte die Lippen und dachte einen Moment nach, dann sagte sie:

"Die Kopfschmerzen sind weg. Das Zeug ist besser als Aspirin!"

Sie stand unternehmungslustig auf.

"Los jetzt - zum Turm!"

Doch Leon schüttelte den Kopf.

"So lasse ich dich da nicht hochklettern! Nicht in deiner Verfassung. Lass mich gehen, ich schaffe das auch!"

Xenia wollte protestieren, aber der Abt gab ihm Recht.

"Es ist besser, wenn er geht. Ich kann es nicht verantworten, wenn dir etwas passiert!"

"Und ich kann nicht verantworten, dass Leon etwas passiert! Ich fühle mich gut, wirklich", sagte Xenia und stand auf, aber ihr wurde schwindelig und sie musste sich schnell wieder hinsetzen.

"Puh!" seufzte sie. "Vielleicht habt ihr doch Recht – auch wenn ich das ungern zugebe..."

"Gönn' dir etwas Ruhe", schlug Leon vor. "Ich bin ein guter Kletterer. Und ich nehme Nomi mit. Ich weiß ja, was zu tun ist."

Sie überlegte und gab dann ihre Zustimmung.

"Gut! Aber wir passen auf dich auf. Ich komme mit, so weit wie es geht!"

Es zog wieder ein Sturm auf und der Abt betrachtete die dunklen Wolkenmassen mit

Unbehagen, während sie über eine schmale Brücke zum Eingang des Turms schritten.

"Vielleicht wäre es doch besser zu warten", schlug er vor.

"Nein, wir können nicht riskieren, dass er uns entwischt." widersprach Xenia. " Wie lange dauert die Flut?"

"Noch etwas länger als sechs Stunden", erwiderte der Abt.

"Danach könnte er uns jederzeit entwischen. Wir wollen ihn einfangen, bevor er die Insel verlassen kann."

Sie betraten den Turm. Leon hatte ein Seil dabei und seine Tasche mit dem Buch darin. Er ging furchtlos voran, doch als er die scheinbar endlose Wendeltreppe im Inneren des Turms sah, fühlte er sich unangenehm an ihr Abenteuer in Ägypten erinnert. Nur dass dieser Turm schlank und hoch war, statt unterirdisch im Boden zu verschwinden.

Der Abt blieb zurück.

"Weiter kann ich nicht gehen. Es strengt mich zu sehr an. Sei vorsichtig! Die Treppe ist nicht sicher und weiter oben gibt es nur Vorsprünge und Balken über die du deinen Weg finden kannst."

Leon nickte, dankbar für die Warnung, und er und Xenia gingen ans Ende der Treppe. Sie blickten hinab in die tödliche Tiefe und Xenia wurde wieder schwindelig. Sie musste sich setzen.

"Mir geht es wirklich nicht gut..." gab sie zu.

Leon sah nach oben, auf den Teil, der vor ihm lag. Voller Zuversicht sagte er:

"Du musst ja nicht immer alles tun. Du hast mich gerettet! Das mindeste was ich tun kann, ist dir zu helfen, nach Hause zu kommen."

Dann machte er sich an die Arbeit und kletterte an Vorsprüngen und über halb fertig gemauerte und provisorische Treppenstufen immer höher. Er war geschickt und flink aber während er kletterte brachen die Wolken und es begann zu regnen. Durch die Löcher im Dach fielen schwere Regentropfen herab und Wasser rann die Wände runter, was seinen Aufstieg zusätzlich erschwerte.

Als er über sich endlich den Boden des Dachstuhls sah, rutschte Leon aus und fand erst im letzten Moment mit einer Hand wieder Halt. Xenia schrie vor Sorge um ihn und das Echo hallte tausendfach von den Wänden wieder.

Sich mit der rechten Hand festklammernd, baumelte er einen Moment in der Luft, bis er sich mit Schwung wieder auf einen Vorsprung retten konnte. Zitternd klammerte Leon sich an die Wand und verschnaufte einen Moment. Schweiß stand ihm auf der Stirn und seine Zähne klapperten, als er in die Tiefe sah.

"Kein Problem!" äffte er sich selber nach. "Ich mach' das schon! Ich klettere gerne den Turm rauf..."

"Alles in Ordnung?" fragte Xenia von unten.

"Ja...kein Problem!" rief er zurück. "Alles in Ordnung!"

Leon schüttelte den Kopf und biss die Zähne zusammen. Bald konnte er wieder klettern und schob sich entlang der Wand über einen schmalen Balken. Seine Hände griffen nach Ritzen im groben Stein und fanden immer wieder mühsam Halt. Es regnete immer stürmischer und der Wind pfiff durch die Ritzen in den Wänden und peitschte durch Fensterluken und das kaputte Dach. Es rieselte Staub und Sand vom Dachboden auf Leon herab.

Die letzten Meter konnte er nur überwinden, indem er über einige Balken balancierte, die den Abschluss des unteren Dachstuhls bildeten. Leon war jetzt seinem Ziel ganz nah und wurde unvorsichtig. Er hatte es zu eilig. Über ihm war der Fußboden mit Löchern durchbohrt und Leon suchte nach einer Lücke, die nah und groß genug war, um ihn durchzulassen. Als er glaubte, eine passende Öffnung gefunden zu haben, hielt er darauf zu und war ganz auf sein Ziel fixiert. Da steckte plötzlich der Dämon seinen riesigen orangenen Kopf durch das Loch und Leon erschrak sich zu Tode. Der Affe grinste ihn an und machte grunzende Geräusche, die wie eine Frage klangen.

Nur für einen Moment verließ Leon die Konzentration und er trat auf ein morsches Stück des Balkens, das unter seinem Stiefel zersplitterte. Er fiel und hielt sich erst im letzten Moment fest. Aber seine Kraft war von dem langen Aufstieg geschwunden und er schaffte es lediglich, sich an dem nassen Holz festzuklammern. Er wusste, dass es vorbei war, denn Leon schaffte es nicht, sich auf den glitschigen Balken hoch zu ziehen und er würde runterfallen. Doch da griff der Affe mit seinen unglaublich langen Armen durch das Loch im und zog ihn ganz behutsam zu sich hinauf.

Xenia konnte nicht sehen, was vor sich ging und rief besorgt nach ihm:

"Was ist los Leon? Sprich mit mir!"

"Er hat mich! Er greift mich!" rief Leon entsetzt.

Im Dachstuhl pfiff der Wind noch stärker als unten und man sah turbulente Wolkenhaufen durch das unfertige Dach. Der Dämon hatte ihn sanft an einer Seite des Raums abgelegt und betrachtete Leon scheinbar besorgt und fürsorglich. Der saß da und kam erst mal zu Atem, bevor er den Raum richtig wahrnahm. Der große orangene Affe saß auf einem Haufen Gold und Schmuck, den er im Dorf und im Kloster zusammengeklaut hatte.

Leon gab Entwarnung:

"Es geht mir gut, er...hat mich gerettet!"

Der Dämon betrachtete ihn unschlüssig und spielte währenddessen mit einer Kette aus massivem Gold, die mit kostbaren Juwelen besetzt war. Sie lag in seiner Hand wie ein übergroßer Rosenkranz. Leon sah ihn an und wusste nicht, was er tun sollte.

"Danke!" sagte er. "Aber weißt du - ich muss dich einfangen. Du gehörst hier nicht hin. Nicht in diese Welt!"

Mit langsamen Bewegungen machte er seine Tasche auf und zog das Buch heraus. Nomi war in seiner üblichen Stimmung und beschwerte sich augenblicklich.

"Was willst du jetzt schon wieder, Mensch? Normalerweise schlafe ich tausend Jahre, aber ihr weckt mich ständig auf! Lasst mich wieder schlafen, weckt mich auf...entscheidet euch doch mal!"

Der Affe beobachtete neugierig, was Leon da trieb, und er schien das Buch zu erkennen und wich davor zurück.

"Na komm", beruhigte Leon ihn. "Gleich ist alles vorbei!"

Er schlug das Buch auf, aber Cabinda hatte sich blitzschnell von seinem Rastplatz erhoben und von der Platform geschwungen. Bevor Leon ihn zurück ins Buch rufen konnte, war er schon den halben Turm heruntergeklettert und über die Dächer und durch den Regen geflüchtet.

"Verdammt nochmal!" fluchte Leon und klappte das Buch wieder zu.

"Sind wir schon fertig? Ich fühle mich nicht anders als vorher!" gab Nomi zu.

"Er ist abgehauen! Kann es sein, dass diese Wesen genau Bescheid wissen, was du bist? Dass sie...Angst haben?"

"Angst vor mir?" Nomi rümpfte die Nase. "Wohl kaum. Sie sind ja ein Teil von mir. Aber sie haben vielleicht Angst, dass sie wieder missbraucht werden, wenn sie zu mir zurückkommen. Es gibt immer solche, die mich für ihre eigenen Machtspiele benutzen wollen."

Leon nickte und steckte das Buch wieder ein.

"Du kannst weiterschlafen Nomi. Fürs Erste gibt es hier nichts mehr für uns zu tun."

Xenia stand am oberen Rand der Treppe und sah besorgt zu Leon hinauf. Schließlich steckte er seinen Kopf durch ein anderes Loch im Boden und rief ihr zu:

"Heh, ich brauche einen großen Beutel. Hier oben liegt alles voller Gold. Ich werfe das Seil runter, dann räumen wir hier auf. Frag' am besten den Abt!"

Xenia nickte und rief zurück:

"Bist du okay da oben? Hast du ihn erwischt?"

"Nein, er ist abgehauen. Es war ganz schön seltsam. Er wusste genau, was Nomi ist!"

Xenia seufzte froh darüber, dass Leon okay war. Dann ging sie den Abt suchen, damit er ihnen half. Ein paar Minuten später kam sie in Begleitung des Abtes und einiger Mönche zurück und Xenia verknotete einen Leinensack mit dem Ende des Seils, das Leon inzwischen heruntergeworfen hatte. Er zog den Sack zu sich nach oben und begann ihn zu füllen, während die Mönche am

131

anderen Ende langsam Seil nachließen, um die schwere Fracht im Gleichgewicht zu halten. So schaffte Leon den ganzen Schatz von Mont-Saint-Michel, Stück für Stück, wieder auf den Boden und zuletzt stieg auch er selbst in den Beutel, hielt sich mit der einen Hand am Seil fest und fuhr komfortabel abwärts. Als er unten angekommen war fiel ihm Xenia um den Hals.

"Bin ich froh, dass dir nichts passiert ist! Das machen wir nie wieder!"

Leon grinste erleichtert.

"Das will ich auch schwer hoffen!"

Die Mönche bedankten sich für die Wiederbeschaffung des Klosterschatzes und ihre Reliquien und der Abt ließ anordnen, dass alles im tiefsten und sichersten Kämmerchen des Klosters versteckt werden sollte. Xenia überlegte kurz und legte Widerspruch ein.

"Wenn ihr es erlaubt, Abt! Ich würde mir gerne den Schatz ausleihen. Nur für eine Nacht!"

"Ausleihen?" wunderte sich der Abt. "Wozu das denn?"

"Wir haben alles was glitzert und glänzt auf dieser Insel hier versammelt. Und der Dämon ist scheinbar nur daran interessiert, Gold und Silber in die Finger zu bekommen. Wir werden ihm eine Falle stellen!"

Zufrieden über den vorläufigen Ausgang der Geschichte beschlossen sie, etwas essen zu gehen und sich auszuruhen. Die Mönche und der ganze Ort feierten sie wie Helden. Aber heute Abend achtete Xenia darauf, keinen Tropfen Alkohol zu trinken. Auch Leon trank dankbar nur literweise Kräutertee, der seine Nerven beruhigte und ihn aufwärmte.

Es war Nacht und der Kreuzgang war mit Fackeln und Öllampen erhellt. Die Mönche häuften alle gefundenen Schätze im Innenhof des Klosters an. Säckeweise schleppten sie goldene Kelche und Ikonen sowie Schmuck und Juwelen herbei. Der Berg wuchs unaufhörlich und zuletzt legte Xenia eine reich verzierte Prachtbibel auf den Haufen. Danach öffnete der Abt eine Flügeltüre und alle gingen hindurch und ließen den Goldschatz im Schein der Fackeln zurück.

Es dauerte nur wenige Minuten, dann zeigte sich der Dämon und spähte neugierig über das Dach hinunter auf die goldenen Gaben. Vorsichtig näherte er sich dem Schatz und war hin- und hergerissen, zwischen dem Risiko und der Verlockung. Doch er konnte dem Glanz nicht widerstehen und schwang sich schließlich über das Dach und landete mitten im Goldhaufen. Verzückt schnupperte er an jedem Gegenstand und spielte mit dem Gold. Er betrachtete sein Spiegelbild in einem großen polierten Teller und machte Grimassen. Er griff wahllos in den Schatzhaufen und zog mal dies, mal das heraus, um es sich anzusehen. Schließlich hob er die prächtig geschmückte Bibel auf und wandte sie in den

Händen. Er öffnete die Bibel und Nomi kicherte laut über Xenias gelungenen Plan. Denn statt einer Bibel lag er selbst in dem prächtigen Einband. Der große Dämon flüchtete zwar – oder versuchte es zumindest – aber das Licht des Zauberbuchs hielt ihn jetzt gefangen. Er zerrte und kämpfte immer noch dagegen, als die Türen sich wieder öffneten und Xenia und Leon mit dem Abt hindurchtraten. Der große Affe streckte flehend seine Hand aus, doch dann war er auch schon im Buch verschwunden. Das Buch schlug zu und Xenia hob Nomi auf und entfernte den goldenen Einband. Sie reichte ihn dem Abt.

"Vielen Dank für die milde Gabe - war sehr hilfreich!" sagte sie und der Abt nahm den Einband entgegen.

"Wir haben euch zu danken, Freunde!" er nickte den Mönchen zu und sie kamen heraus und sammelten den Schatz wieder zusammen.

"Das war ja fast zu einfach!" gab Leon zu bedenken.

"Aber es hat trotzdem funktioniert!" triumphierte Xenia.

Nomi war wach und betrachtete sie abwechselnd.

"Ich fühle mich seltsam!" merkte das Buch an.

"Das Zauberbuch spricht!" wisperte der Abt respektvoll.

"Seltsam gut oder allgemein seltsam?" fragte Xenia.

"Seltsam warst du nämlich vorher auch schon!" bestätigte Leon.

"Ich fühle mich gut, aber es ist diesmal anders. Es ist so, als wäre ein großer Teil von mir zurückgekehrt. Ein großer Teil meiner Erinnerung..."

"Es war ja auch ein großer Affe!" meinte Xenia schmunzelnd. "Du weißt nicht zufällig, wo wir den Spiegel finden können, der uns hier wieder rausbringt?" fragte sie.

Nomi schwieg und schien ganz in seinen Erinnerungen versunken. Xenia klopfte auf den Einband.

"Hallo? Weißt du, wo der nächste Spiegel ist?"

"Es ist alles...undeutlich", murmelte das Buch und sagte nichts weiter. Doch der Abt hatte zugehört und wusste Rat.

"Unser Orden – der Orden von Saint-Michel – hat einen besonderen Auftrag..." sagte er. "Am besten ist, ich zeige es euch einfach."

Er winkte ihnen, damit sie ihm folgten und führte sie hinab in die Tiefe. Immer weiter unter das Kloster und vermutlich auch unter die Insel brachte er sie. Sie hörten das Meer über ihnen rauschen, als sie endlich am Fuß der großen Treppe angekommen waren und durch dunkle Gänge und vorbei an endlosen Kellergruften zu einer reich verzierten Tür gelangten.

"Hier wurde einst auch der Gral aufbewahrt", erklärte der Abt und schloss die Tür auf.

Dann traten sie ein und trauten ihren Augen nicht. Es standen endlose Reihen von Spiegeln vor ihnen. Aber nur einer davon leuchtete, als Xenia und Leon den Raum betraten.

"Dieser scheint euch den Weg weisen zu wollen", vermutete der Abt.

"Aber...das ist ja unglaublich – woher stammen all diese Spiegel?" wollte Leon wissen.

"Wir haben sie gesammelt – seit sechshundert Jahren sammeln wir sie."

"Aber warum?" wunderte sich Xenia.

"Weil unser Gründer, der heilige Michel, durch den Spiegel gegangen ist und nie zurückgekehrt ist. Es ist seltsam und wunderbar..."

"Falls wir ihn sehen, schicken wir ihn zurück." bot Xenia an. "Wenn Nomi überhaupt den Weg findet..."

"Das Buch ist in unseren Schriften erwähnt", warnte sie der Abt. "Es birgt große Macht, aber es kann dem Licht genauso dienen wie der Finsternis. Seid vorsichtig damit!"

Xenia nickte und streckte die Hand aus. Der Abt nahm sie mit beiden Händen und schüttelte sie.

"Ihr seid wahrlich eine ungewöhnliche Frau. Ich wünschte, es gäbe mehr wie euch!"

"Oh, die wird es geben", lachte Xenia, "in der Zukunft!"

Leon schüttelte dem Abt ebenfalls die Hand.

"Danke sehr! Für alles!" sagte der Abt und Leon und Xenia entfernten sich und gingen in Richtung des leuchtenden Spiegels.

"Es geht wieder los!" seufzte Leon.

"Eigentlich liebe ich ja Achterbahnen, aber ich hoffe, wir überleben diese auch." sagte Xenia.

Sie ging vor und war schon durch den Spiegel verschwunden, als Leon fragte:

"Was ist eine...Achterbahn?"

Kapitel 12 – Eschers Alptraum I

Leon folgte Xenia in den Sog des Spiegels. Nur einen Moment später stand er im Limbo und sah sich verwundert um. Xenia war nirgendwo zu sehen. Hatte er zu lange gezögert, ihr zu folgen?

Leon befand sich im Inneren eines unmöglichen Gebäudes. An der Decke über ihm hing ein Spiegel und vor ihm führte eine Treppe kopfüber die Wand entlang und endete dort in einer Türöffnung. Weitere Türen und Gänge führten kreuz und quer durch den Raum, aber keine von ihnen passte zur nächsten. Alle waren unterschiedlich groß und breit, manche Türen waren sogar schief. Und überall hingen und standen Spiegel herum. Viele standen auf dem Kopf oder lagen auf der Seite. Eine Treppe führte quer durch den Raum auf eine Öffnung im Boden zu. Leon bückte sich und blickte die Treppe hinunter, in weitere endlos verzweigte Gänge. Er schüttelte den Kopf und rief:

"Xenia, wo bist du?"

Das Echo seiner Worte drang aus allen Richtungen gleichzeitig zu ihm zurück. Er fiel vor Überraschung fast um, denn es schallte unheimlich verstärkt zurück. Das Echo verhallte langsam, und er hörte Xenia aus allen Richtungen zugleich antworten:

"Hörst du mich? Leon – wo bist du denn?"

Leon legte die Hände um den Mund und rief:

"Hier, ich bin hier!"

Das Echo drang wieder aus allen Richtungen zugleich an seine Ohren und er merkte, wie nutzlos seine Antwort zur Positionsbestimmung war. Seufzend machte er sich auf den Weg, in der Hoffnung Xenia trotzdem irgendwie wiederzufinden.

Er ging durch eine Tür und fand sich auf der Unterseite einer Treppe wieder, an deren Ende ein Spiegel stand. Leon ging darauf zu und berührte ihn. Er war kalt und stumpf und er sah nichts darin. Leon beugte sich über das Geländer. Dort unten stand ein weiterer Spiegel in der Mitte des Raumes. Und rundherum waren wieder diese Treppen, die entgegen aller Logik kreuz und quer durch den Raum führten. Manchmal lief man auf ihnen, manchmal darunter.

Es war zu tief, um herabzuspringen, also suchte Leon einen anderen Weg. Links von ihm war eine Tür zum nächsten Zimmer. Jeder Raum sah praktisch identisch wie der vorherige aus. Alle waren quadratisch und hatten hohe Decken mit

Treppen und Öffnungen an den seltsamsten Stellen. Über ihm bewegte sich etwas und Leon erschrak und wappnete sich für einen Angriff. Bis er Xenia sah, die mit dem Kopf nach unten über ihm lief.

"Xenia!" rief Leon. "Hier...unten!"

Sie sah zu ihm herab – oder herauf, je nachdem von wo man es betrachtete und antwortete:

"Gott sei Dank! Wie kann ich zu dir kommen?"

Leon zuckte mit den Schultern.

"Keine Ahnung! Wie ist das hier überhaupt möglich?"

Er kratzte sich am Kopf und wusste nicht, was er sagen sollte. Xenia erwiderte:

"Ich hab dir ja gesagt, dass im Limbo alles anders ist."

Sie schlug vor:

"Wir sollten einfach weitergehen, bis wir uns wieder über den Weg laufen und auf derselben Ebene sind. Ich gehe durch die Türen auf der linken Seite. Wenn du in Gegenrichtung rechts herumgehst, müssten wir uns doch irgendwann begegnen, oder?"

"Wir können nur hoffen - also hoffen wir das Beste!" sagte Leon optimistisch.

"Dann bis gleich!" verabschiedete Xenia sich und ging los.

Leon ging auf die Öffnung rechts vor ihm zu und verschwand darin. Er tauchte in einem fast identischen Raum auf und sah dort wieder einen Spiegel. Diesmal hing er an einer der Wände, wohin Leon von hier aus nicht gelangen konnte. Das Problem war, es gab keine Tür auf der rechten Seite. Er konnte also nur weiter geradeaus gehen.

Er rief: "Xenia, hier geht es nicht weiter nach rechts, ich gehe geradeaus."

Das Echo erfüllte wieder den Raum, aber er glaubte dazwischen war ihre Antwort zu hören:

"Gut, bis gleich!"

Im nächsten Raum sah Leon über sich einen Springbrunnen an der Decke plätschern. Er sprudelte fröhlich, ohne dass das Wasser herab fiel. Leon sah sich das seltsame Phänomen an und ging langsam rückwärts, bis er gegen etwas stieß und sich hastig umdrehte. Erfreut sah er, dass er mit Xenia zusammengestoßen war.

"Xenia! Endlich!" freute er sich.

"Leon..." sagte sie "bin ich froh, dich zu sehen! Wie hast du mich gefunden? Bist du den Murmeln gefolgt?"

"Was denn für Murmeln?" fragte Leon verwirrt.

"Na meiner Spur, die ich hier lege!"

Sie deutete auf eine Reihe aus kleinen Murmeln, die sie auf den Boden gestreut hatte. Dann begriff sie es:

"Oh, du bist Leon, ich meine – du bist der Leon von vorher, nicht hinterher..."

Sie machte eine Pause und fragte sich, ob er sie verstand. Sie sah ihn hoffnungsvoll an, aber er musterte sie nur verwirrt.

"Geht es dir gut? Willst du dich vielleicht kurz setzen?" fragte Leon besorgt.

Sie musste lachen aber zugleich standen ihr Tränen in den Augen. Sie verlor ein paar Murmeln, die ihr aus der Hand kullerten.

"Entschuldige, wirklich – das ist so seltsam!"

Sie räusperte sich und blickte ihn ernst an.

"Also hör' zu: du musst weitergehen, bis du an einen Garten kommst. Es ist der einzige Garten hier, also kannst du ihn nicht verfehlen. Dort wartest du auf mich, in Ordnung? Alles wird gut, Leon!"

Er schüttelte energisch den Kopf.

"Bist du verrückt geworden? Ich suche schon die ganze Zeit in diesem Labyrinth nach dir! Und jetzt, wo wir uns treffen, schickst du mich weg? Warum soll ich denn dort auf dich warten, wenn wir auch jetzt zusammen hingehen könnten?"

Er musterte sie und erkannte seine Tasche in ihrer Hand wieder - während er sie gleichzeitig selber um den Hals trug.

"Hey, wieso hast du meine Tasche? Ich hab sie doch selbst..."

Sie seufzte.

"Das kann ich dir unmöglich erklären. Ich muss diese Spur weiter legen! Geh' jetzt und such' nicht nach mir, sondern warte in dem Garten!"

Leon widersprach:

"Aber...ich verstehe das nicht!"

"Vertraust du mir?" fragte sie. "Glaubst du, dass ich dir helfen will?"

Er zögert kurz aber antwortete dann:

"J...ja – natürlich! Es ist nur..."

"Schusch!" sagte sie. "Mach es einfach! Du wirst das noch verstehen, das verspreche ich dir!"

"Das ist zwar völlig verrückt, aber ich werde tun, was du willst. Bisher hattest du meistens Recht, und ich glaube an dich!"

Er sah sich um.

"Aber, durch welche Tür soll ich gehen?"

Sie sah sich kurz um und deutete dann scheinbar wahllos auf eine Öffnung.

"Diese!" sagte sie. Und: "Viel Glück!"

"Dir auch – bis später!"

Leon beobachtete verwirrt, wie sie damit fortfuhr, eine Murmelspur auf dem Boden zu legen.

Xenia drehte sich zu ihm um und rief:

"Ach...und Leon – eines noch: Von jetzt an bleib nahe bei mir! Am besten, wir halten Hände vor dem Sprung, damit uns der Spiegel nicht trennen kann!"

Er nickte und sie trennten sich. Leon kam noch durch unzählige weitere Räume und fand sich sogar an der Decke von Räumen wieder, die er vorher schon durchkreuzt hatte. Es ging hin und her, ohne klare Richtung.

Endlich fand Leon den Garten, von dem Xenia gesprochen hatte. Es war ein großer Balkon mit Blick auf eine riesige bodenlose Höhle. Von oben fiel Licht ein, das durch natürliche Kristalle reflektiert und in alle Farben des Regenbogens gespalten wurde. Die Pflanzen des Gartens waren üppig und blühten prächtig. Leon ließ sich an einem Brunnen im Zentrum nieder und genoss die Aussicht.

Er testete das Wasser, fand es trinkbar und füllte seine Kantine auf. Leon schritt unruhig im Garten umher und blickte eine lange Zeit über die Balustrade in die Dunkelheit dahinter. Er wartete auf Xenia.

Leon legte sich auf die kalte Steinbank und versuchte zu schlafen. Doch es gelang ihm nicht. Er musst immerzu an Xenia denken. Er stand wieder auf, trank und spuckte das Wasser über die Balustrade, indem er die Backen dick machte und sich dann mit der flachen Hand darauf schlug. Er roch an jeder Blüte im Garten und wartete...und wartete. Als er wieder an der Balustrade stand und ins Nichts starrte, sprach ihn schließlich die bekannte Stimme an.

"Na endlich finde ich dich!" sagte Xenia atemlos. "Ich bin völlig im Eimer. Ich fass' es nicht, dass du hier einfach nur herumsitzt!"

Leon warf ihr einen verwunderten Blick zu.

"Aber du hast mir doch selbst gesagt, ich soll hier warten! Und du hast Recht gehabt!"

Sie sah ihn mit großen Augen an.

"Waaas? Wann soll ich das denn bitte gesagt haben?"

"Na, als wir uns begegnet sind und..." erklärte Leon und bemerkte, wie unsinnig das klang.

"Wenn wir uns schon begegnet sind, warum treffen wir uns dann jetzt erst hier?" fragte Xenia.

Leon dachte darüber nach und wusste auch nicht mehr als sie:

"Dasselbe habe ich dich auch gefragt, aber du hast geantwortet, dass ich es bald verstehen würde! Und jetzt bist du hier und ich verstehe immer noch nichts..."

Xenia zuckte die Schultern.

"Offensichtlich verstehen wir es doch nicht! Hauptsache wir sind wieder zusammen! Ich habe keine Ahnung, was passiert ist aber jetzt zählt nur, dass wir gemeinsam den nächsten Spiegel finden!"

Sie wollte schon wieder los und weitersuchen, aber Leon hielt sie am Arm zurück.

"Wir haben noch etwas Essen aus dem Kloster im Gepäck und das Wasser hier ist trinkbar. Du solltest dich einen Moment ausruhen. Iss' was! Du brauchst deine Kraft."

Sie nickte und setzte sich. Über ihnen schwand langsam das helle Tageslicht und die letzten Sonnenstrahlen brachen sich in den großen Kristallen an der Höhlendecke. Danach strömte nur noch diffuses Mondlicht hinab und ließ die Höhle tiefblau erstrahlen.

"Du hast Recht. Ich habe Hunger! Und Danai kann ich auch nicht mehr hören. Sie spricht immer seltener zu mir."

"Vielleicht verliert sie ihre Kraft?" vermutete Leon und packte ein Bündel mit Brot, Obst und Käse aus, das er im Kloster geschnürt hatte.

"Der Abt hat uns diese Sachen mitgegeben, als hätte er gewusst, dass wir sie hier brauchen werden!"

Xenia nahm ein Stück Brot und biss herzhaft davon ab. Kauend sagte sie:

"Der Abt isst und trinkt einfach gerne. Aber nett von ihm war es trotzdem!"

Leon setzte sich zu ihr und aß langsam und betrachtete sie besorgt. Xenia bemerkte das.

"Was ist?" fragte sie.

"Du hast neulich nachts im Schlaf gesprochen..." sagte er zögerlich.

"Und? Was habe ich gesagt?"

"Ich weiß es nicht genau, aber ich habe versucht es aufzuschreiben...hier."

Er zog das Papier heraus, das er in der Nacht in Frankreich geschrieben hatte und reichte es ihr.

Xenia las es laut vor und sagte:

"Ich kenne den ersten Namen! Danai sagte mir, der erste Dämon heißt Entropy. Und Auris und Cabinda – das sind auch Dämonen. Ich habe keine Ahnung, was der Rest bedeutet!" erwiderte sie und starrte auf den Zettel.

"Erkennst du diese Sprache denn nicht?" erkundigte sich Leon verblüfft.

"Nein!" erklärte Xenia. "Es ist das erste Mal, dass ich sowas sehe. Ich habe wirklich keine Ahnung."

Sie zuckte mit den Schultern und reichte ihm den Zettel zurück, den Leon faltete und sorgfältig wieder wegsteckte.

"Vielleicht fragen wir deine Freundin, Danai, danach, wenn sie sich mal wieder meldet."

"Gerne - jetzt sollten wir aber weitergehen. Das war zwar ein verwirrendes Labyrinth, aber wenigstens mussten wir nicht vor den Untoten oder Riesenspinnen flüchten!"

Sie standen auf und Leon packte die Reste der Mahlzeit zusammen und schüttelte das Tuch aus, bevor er alles wieder verstaute.

"Was meinst du, wo der nächste Spiegel ist?" fragte er.

"Ich glaube, wir haben ihn schon gefunden!"

Sie deutete auf den Brunnen und jetzt sah Leon erst, dass von einem der überwucherten Steinbögen, die den Garten umrundeten ein helles Licht ausstrahlte.

"Das war vorhin aber noch nicht da!" bemerkte er.

"Vielleicht ist er erst aktiv, seit es dunkel wurde." vermutete Xenia und ging in Richtung des Spiegels. Sie schob die Ranken beiseite und wartete auf Leon. Er streckte eine Hand nach ihr aus. Xenia beäugte ihn verwundert.

"Willst du Händchenhalten?" fragte sie. "Das passt gar nicht zu dir!"

Leon rollte mit den Augen.

"Willst du vielleicht wieder verloren gehen? Jetzt nimm' schon meine Hand. Das hast du mir im Übrigen selbst vorgeschlagen!"

"Als ob!" lachte Xenia.

Leon grinste, hielt die Hand hin und Xenia schlug ein und sie gingen gemeinsam durch den Spiegel.

Kapitel 13 – Piraten!

Sie fielen nebeneinander durch den Spiegel auf einen Holzboden und kamen sofort wieder auf die Beine. Sie befanden sich in der Kajüte eines alten Segelschiffes. Genauer gesagt waren sie in der Kapitänskajüte gelandet und der Kapitän starrte sie mit weit offenen Augen an. Seine Pfeife fiel ihm aus dem Mund und mit ihr rollten brennende Tabakkrümel über den Boden. Umständlich fummelte er an seinem Säbel herum und zog blank, während Xenia ihn begrüßte:

"Hi, öh - Seemann!"

"Donner und Kanonen!" rief der Kapitän.

Er hielt sie mit dem Säbel auf Abstand, als er um den Tisch herumging.

"Enge-Augen-Sven, Klotzkopf!" rief er laut und Leon und Xenia rätselten, was er wollte.

"Wie bitte, meint der uns?" fragte Leon.

"Enge-Augen-Sven! Klotzkopf!" wiederholte der Kapitän lauter.

Bewegung war auf dem Deck zu hören. Die Tür zur Kajüte öffnete sich und ein kleiner rundlicher Pirat mit einem Holzbein, sowie ein großer hagerer

Pirat mit einem sehr eckigen Kopf und einer viel zu kleinen Wollmütze darauf traten ein. Sie starrten die beiden nun ebenfalls an.

"Wie kommen denn die Landratten an Bord, Kap'tän?" fragte Enge-Augen-Sven.

"Die sind aus dem Spiegel gefallen! Ich saß hier und rauchte mein Pfeifchen, als es plötzlich blitzte und dann standen sie vor mir..."

"Das ist Hexerei!" vermutete Klotzkopf.

"Fesseln wir sie am besten", stimmte der Kapitän zu. "Sonst stehlen sie uns noch den Schatz!"

Die beiden nickten und sagten: "Aye Käpt'n!"

Xenia handelte schnell und zog Nomi aus Leons Tasche. Sie hielt das Buch in die Höhe und rief.

"Wach' auf, mächtiges Dämonenbuch!"

Die Piraten standen wie angegossen da und trauten sich keinen Schritt näher, während Nomi gähnend erwachte.

"Ernsthaft? Schon wieder?" fragte er. "Was macht ihr denn für einen Krach?"

Nomis Blick fiel auf die Piraten.

"Oh – Piraten!" sagte Nomi. "Guten Tag!"

"Du musst jetzt furchterregend sein!" flüsterte Xenia.

"Achso..." Nomi räusperte sich. "Also, hmmpf - mal sehen...PIRATENGESINDEL! Wenn ihr nicht tut, was von euch verlangt wird, dann rufe ich den Maelstrom und mit ihm den – äh- Kraken und ihr werdet mit Haut und Haaren verschlungen und liegt für ewige Zeiten als Neptuns Diener bei den Fischen!"

Die Piraten sahen einander wenig beeindruckt an, zögerten aber zumindest einen Moment.

"Deine Drohung scheinen sie nicht besonders ernst zu nehmen" flüsterte Xenia ihm zu.

Nomi rümpfte die Nase.

"Oh nein, nicht jetzt..."

Er verzog das Gesicht zu einer Grimasse.

"Was hast du denn?" fragte Xenia.

Statt einer Antwort holte Nomi schnappend Luft und nieste dann so laut, dass der ganze Raum davon erbebte und das Schiff wackelte.

"Haaaat-schi!" machte er und aus seinem Mund flogen dicke Hagelkörner und prasselten auf die Piraten nieder. Die Piraten sanken auf die Knie und schützten sich vor dem Hagelsturm.

"Jetzt erinnere ich mich wieder, was am Schlimmsten daran ist, ein magisches Buch zu sein..." sagte Nomi schniefend.

"Was denn?" fragte Leon.

"Man kann sich nicht an der Nase kratzen. Zum Glück passiert das nur alle, hmm...Hundert Jahre mal."

Leon reichte ihr sein Stofftaschentuch und Xenia putzte Nomi die Nase.

"Besser?"

"Ah ja, vielen Dank!" dann wandte er sich den Piraten zu und sagte:

"Ihr habt Glück – diesmal war es Hagel. Manchmal kommt auch Feuer heraus!"

Die Piraten knieten immer noch auf dem Boden. Der Kapitän sah zu ihnen auf.

"Bitte Gnade! Wir wollten euch wirklich nichts antun! Wir sind nur ganz kleine Piraten..."

"Winzige Piraten!" pflichtete Klotzkopf ihm bei und Enge-Augen-Sven nickte zustimmend:

"Wir sind nur ganz harmlose Diebe!"

Die anderen Beiden nickten.

Nomi blähte sich auf und versuchte, wütend auszusehen. Der Kapitän beschwichtigte:

"Ganz kleine Diebe natürlich. Wir stehlen nur was wir zum Überleben brauchen!"

"Und das eine oder andere Fass Rum!" pflichtete Enge-Augen-Sven bei.

Nomi sah Xenia an und sie nickte ihm zu. Er sagte:

"Mit anderen Worten: ihr seid ziemlich schlechte Diebe! Okay, aber noch ein falsches Wort oder eine Drohung, und ich verwandele euch in Seegurken!"

Nomi wandte sich an Xenia.

"Und jetzt steck' mich wieder ein. Ich bin zu alt für so was."

Sie bedankte sich:

"Das hast du wirklich gut hinbekommen!" flüsterte sie. Leon nahm Nomi entgegen und steckte ihn wieder in die Tasche. Selbstbewusst forderte Xenia:

"Dann lasst uns jetzt mal reden und über unseren Waffenstillstand diskutierten!"

Die Piraten sahen einander an:

"Sie meint ein Parley!"

Der Kapitän antwortete:

"Ich werde für uns sprechen. Endlich mal ein Parley, yarr! Darauf warte ich schon mein halbes Leben."

"Behalt die Hosen an, Pirat!" sagte Xenia. "Wir wollen nichts weiter, als ein paar Informationen. Sagt mir doch erst mal, wer ihr seid!"

Der Kapitän stand auf und klopfte sich würdevoll den Staub vom Wams.

"Ich bin Kapitän Schwarzzahn und das ist meine Mannschaft: Enge-Augen-Sven - weil seine Augen so nah nebeneinander sind - und Klotzkopf..."

"Weil sein Kopf so eckig ist?" vermutete Leon.

"Yarr!" nickte der Kapitän.

"Subtil..." seufzte Xenia

"Mein Name ist Xenia und das ist Leon!" erklärte sie "Wir sind..." sie sahen einander an "...Reisende! Alles klar?"

"Alles klar, Xenia!" antworteten die Piraten wie aus einem Munde.

"Welches Jahr schreiben wir?" fragte Leon.

Klotzkopf nahm seine Mütze ab und beugte demütig den Kopf.

"Yarr? Achso - Jahr. Also, es ist das Jahr 1652!" antwortete der Kapitän.

"1652!" staunte Leon. "Wir kommen ganz schön rum, was?"

Xenia wollte darüber mehr wissen:

"Und was suchen drei Piraten wie ihr an diesem Ort? Gibt es noch mehr von euch hier?"

"Die gab es mal. Wir sind die letzten Überlebenden der Crew von Kapitän Honigbart!" sagte der Kapitän stolz.

"Von wem?" fragte Leon.

"Na Kapitän Honigbart – der berühmte Pirat!" wiederholte der Kapitän entrüstet darüber, dass sie ihn nicht kannten.

"Nie von ihm gehört!" erwiderte Xenia und fragte: "Und was genau macht ihr hier?"

"Na was wohl? Wir suchen seinen Schatz!"

"Natürlich!" seufzte Xenia. "Was sonst..."

Die Piraten nickten einander zustimmend zu. Der Kapitän blickte sie misstrauisch an.

"Seid ihr denn nicht deshalb hier?"

Xenia schüttelte den Kopf.

"Wir wussten ja nicht mal davon. Und der Schatz interessiert uns auch nicht! Wir suchen einen Dämon, der hier sein Unwesen treiben soll!"

Die Piraten sahen einander an und der Kapitän verkündete:

"In dem Fall können wir einander vielleicht wirklich helfen!"

"Ich würde sagen, das war ein erfolgreiches 'Parley'!" fand Leon. Die Piraten steckten ihre Waffen weg.

"Willkommen auf der Arrrmanda – meinem stolzen Schiff!" sagte der Kapitän und streckte ihnen die Hand entgegen. Sie war schmutzig und dunkel vom Schießpulver. Xenia ergriff sie zögerlich und er schüttelte heftig ihre Hand.

"Dann zeigt uns mal die Insel!" forderte sie. Die Piraten gingen voran und Leon und Xenia folgten ihnen.

Über die Planke gelangten sie auf den Strand und standen mitten in der karibischen Hitze. Die kleine Insel lag vor ihnen und sah idyllisch und schmuckvoll aus. In ihrer Mitte erhob sich ein Vulkan, umgeben von sattgrünen Palmen und Büschen. Einige Papageien flogen im Schwarm darüber und der Himmel war so blau wie das Wasser selber und ohne eine einzige Wolke.

"Paradiesisch!" meinte Xenia und sprang glücklich von der Planke auf den weißen Sandstrand.

Die Piraten führten sie den Strand entlang, bis sie an eine Felsküste kamen, an deren gefährlichen Klippen die Wellen brachen. Donnernd rollte die Brandung gegen die steilen Felsen.

"Tja, das hier ist schon eher unser Stil", seufzte Leon. "Wetten, dass es hier irgendwo eine Höhle gibt..."

"Yarrr, natürlich!" bekräftigte der Kapitän und winkte ihnen, ihm zu folgen. Es ging die meiste Zeit steil bergauf und wieder bergab. Durch eine Schlucht gingen sie immer weiter die Küste entlang und fanden mehrmals Totems aus Tierschädeln und Knochen, die dort vor scheinbar einer Ewigkeit aufgestellt worden waren.

"Keine Sorge!" sagte der Kapitän. "Das sind nur Wegweiser!"

"Sieht mehr wie Warnschilder aus!" fand Xenia.

"Wir sind g..gg...gleich da", stotterte Enge-Augen-Sven.

"Stotterst du immer oder hast du Angst?" wollte Xenia wissen.

"Ein b...b...bisschen von b...beidem." erwiderte er.

"Er hat immer Angst, also stottert er immer!" erklärte Klotzkopf.

Als sie um die nächste Windung der Schlucht kamen, sahen sie das Piratenversteck und den Eingang zur großen Höhle. Leon pfiff anerkennend und sagte:

"Das ist ja ein Wahnsinns-Ding!"

Vor ihnen lag ein grob in den Stein gemeißelter Totenschädel, dessen geschlossener Mund den Eingang zur Höhle bildete. Eine Spitzhacke lag neben anderem ruinierten Werkzeug auf dem Boden. Und ein Schneidezahn des Schädels fehlte.

"Wart ihr das? Warum habt ihr nicht weitergemacht?" fragte Xenia und zeigte auf die Zahnlücke.

Der Kapitän schüttelte den Kopf.

"Leider nicht. Wir haben mit der Spitzhacke nur versucht, das Loch zu vergrößern. Aber der Stein ist wahnsinnig hart."

"Ich frage mich, wer das dann überhaupt alles in den Felsen gehauen hat...", rätselte Leon.

Xenia trat die kaputte Spitzhacke zur Seite und musterte die Piraten. Enge-Augen-Svens Lippen bebten und Xenia griff ihn am schmutzigen Kragen und zog ihn hoch.

"Du weißt doch was, oder? Spuck' es aus!"

Sven stotterte:

"Naja, die Einge...borenen hier haben z....zufällig einen g....g....goldenen Zahn, den sie anbeten wie einen Gott."

"Ja - so ein Zufall!" grinste Xenia mit gespieltem Erstaunen.

"Und du meinst, das könnte etwas mit dem Schädel hier zu tun haben?"

Enge-Augen-Sven nickte eifrig und der Kapitän schlug ihm auf den Hinterkopf.

"Wir hatten gehofft, euch fällt vielleicht was ein – immerhin habt ihr ein Hexenbuch dabei und naja...ihr seht wirklich komisch aus!"

Die Piraten lachten hämisch. Leon war empört.

"WIR sehen komisch aus? Wenn überhaupt habt ihr Clown-Kostüme an. Rüschenhemden und diese lächerlichen Hüte...das hier ist feinstes Tweed – meine beste Jacke!"

"Sieht aus wie der Sack, in dem wir Kartoffeln lagern!" witzelte Klotzkopf.

Die Piraten amüsierten sich, doch Leon war beleidigt. Xenia beschwichtigte:

162

"Jetzt lass sie doch. Sie machen nur Witze. Piraten halt..."

Dann meinte der Kapitän:

"Und die Frau trägt eine Hose! Eine Frau in einer Hose, das ist zu komisch!"

"Und diese St....t....tiefel erst! Z....Zum Schreien!" meinte Enge-Augen-Sven.

Xenia wollte ihn verdreschen, doch diesmal hielt Leon sie zurück. Sie beherrschte sich und warnte die Piraten:

"Wenn ihr jetzt nicht alle die Klappe haltet, kommt das Buch aus dem Sack! Und ihr findet euch auf dem Meeresboden wieder, alles klar? Sagt mir lieber, wie wir zum Schlüsselstein kommen!"

Die Piraten beruhigten sich wieder und stellten ihr Gekicher ein.

"Es tut uns wirklich leid!" erklärte der Kapitän.

"Als Pirat kann man manchmal nicht anders!" bestätigte Klotzkopf und Enge-Augen-Sven nickte.

"Das liegt uns im Blut, besonders wenn kein Rum im Blut ist. Dann kriegen wir miese Laune!"

"Dann lasst euch doch meinetwegen volllaufen", brummte Xenia. "Aber vorher zeigt ihr uns, wo dieses Dorf und der Stein sind! Los!"

Die Piraten waren nicht mehr so gesprächig und warfen sich nur gegenseitig finstere Blicke zu. Leon begann, sich Sorgen zu machen. Aber er wusste nicht, wie er mit Xenia darüber sprechen sollte, ohne dass die Piraten es mitbekamen. Also gingen sie schweigend weiter durch hohes Gras, im kühlen Schatten von Bäumen voller Lianen. Sie kamen auf eine Anhöhe und sahen in der Ferne Rauch aufsteigen. Der Kapitän holte sein Einrohr aus dem Wams, zog es auseinander und studierte das Dorf am Rand des Vulkans unter ihnen. Er reichte sein Einglas an Xenia.

"Hier! Seht selbst, was diese Wilden treiben!"

Xenia schüttelte den Kopf, nahm das Fernglas aber und blickte hindurch. Sie sah etwa zwanzig spitze Hütten, die wie hohe Zelte aufragten und mit Palmwedeln bedeckt waren. Im Zentrum des Dorfs stand ein Totem, geschnitzt aus einem einzigen großen Baum, dessen Wurzeln noch im Boden steckten. Er war mit Figuren verziert, die ihre langen Zungen aus dem Mund streckten und ihre Zähne zeigten. Manche Figuren hatten Tierköpfe und ganz oben war ein Lux oder Fuchs in das Holz geschnitzt.

Um das Totem herum lagen die Dorfbewohner betend im Sand und erhoben sich zum Rhythmus der Trommeln, die von einer Gruppe der Älteren geschlagen wurden. Sie trugen nur ein leichtes helles Gewand, das von einem dünnen Gürtel gehalten wurde. Und alle hatten ihre Speere in den Boden gebohrt, um am Gebet teilnehmen zu können.

Jetzt erst sah Xenia was sie anbeteten. Denn in die Mitte des Totempfahls war eine Aushöhlung geschnitten und darin stand deutlich sichtbar der goldene Schneidezahn des Totenschädels. Am oberen Rand war er mit riesigen ungeschliffenen Edelsteinen besetzt.

"Ich sehe den Schlüsselstein! Er liegt in der Mitte des Totems!" sagte Xenia. Sie beobachtete weiter, aber sie hörte hinter sich unentwegt das Schnaufen eines der Piraten. Er schien immer lauter zu schnaufen und Xenia verlor die Geduld. Sie drehte sich um und wurde kreidebleich.

Die Piraten sahen, wie ihre Gesichtszüge erstarrten und fragten:

"Was ist?"

Xenia stand stocksteif und wisperte:

"Hinter euch ist ein T....Tiger!"

"Aye!" sagte der Kapitän. "Im Wald sind Tiger, darum beten sie ja auch für..."

Da fauchte der riesige Tiger hinter den Piraten furchteinflößend. Sie drehten sich um und hatten noch nicht mal ihre Waffen ziehen können, als er einen Sprung über sie hinweg und auf Xenia zu machte. Er hätte sie zweifellos mitgerissen, wäre Leon nicht schneller gewesen und hätte sie vorher beiseitegestoßen. Sie lagen am Rand des Abhangs, während der Tiger noch Halt mit den Vorderbeinen suchte aber dann den Abhang hinab rutschte. Die furchtlosen Piraten hatten schreiend Reißaus genommen und stieben in verschiedene Richtungen davon.

Xenia lag neben Leon und rappelte sich auf. Leider war er ausgerechnet auf einem Dornenbusch gelandet. Er wurde von dutzenden langen Stacheln gepiesackt.

"Au! Au!" machte er, als Xenia ihm beim Aufstehen hielt. Dank seiner schützenden Rückseite hatte sie nichts abbekommen. Sie kicherte als er aufstand.

"Dein Hintern sieht aus wie ein Kaktus!" stellte sie fest und zog einen Dorn heraus. Dann sah sie ihn milde an.

"Danke, dass du mich gerettet hast!"

Leon checkte noch, dass ihnen der Tiger auch wirklich nicht gefährlich werden konnte. Doch der strich nur verwirrt am Fuß des Abhangs herum und verschwand dann wieder weiter unten im Dschungel. Leon meinte:

"Damit können sich jetzt die Piraten herumschlagen. Vielleicht ist das auch ganz gut so. Autsch!"

Xenia hatte drei weitere Dornen aus seiner Hose gezogen und jedes Mal zuckte er zusammen.

"Bleib ruhig stehen, dann geht es schneller vorbei. Haben die da unten was mitgekriegt?"

Das Trommeln wurde immer schneller und lauter. Sie waren viel zu sehr auf den Tanz konzentriert, um sich um etwas Anderes zu kümmern. Leon schüttelte den Kopf.

"Sieht nicht so aus! Gibst du mir mal das Einglas? Ich hoffe, es ist nicht zerbrochen!"

Das Einrohr war stabil und ließ sich immer noch fokussieren. Leon blickte hindurch und studierte die Umgebung.

"Wir stehen hier am Rand der Lichtung. Vor uns ist nur trockenes Gras. Am anderen Ende liegt der Vulkan und am Rand des Lagers ist ein kleiner Bach."

"Und?" fragte Xenia.

"Naja, wenn wir auf der Lichtung ein Feuer machen müssten sie erst mal zum Bach und Wasser holen, um es zu löschen. Der Wald hinter der Lichtung ist dicht und satt – das würde so schnell nicht brennen. Aber um ihr Dorf zu retten, müssten sie zum Bach laufen..."

Xenia verstand.

"Und in der Zwischenzeit kommen wir aus der Richtung des Vulkans und holen uns ihren Schlüsselstein!"

"Ganz genau!" bestätigte Leon. "Und es wird schon nichts passieren! Ich bin mir sicher, die brauchen nur ein paar Minuten, um das Feuer zu löschen. Aber das ist genug Zeit für uns!"

"Die Idee gefällt mir! Vielleicht können wir dabei auch genug Rauch machen, um uns Deckung zu geben. Im besten Fall kriegen die nicht mal mit, dass wir dort waren!"

Xenia kramte in ihrer Hosentasche und zog das Briefchen Streichhölzer hervor. Sie schüttelte es und warf es dann weg.

"Mist – ist alles nass geworden!" bedauerte sie.

"Und mein Feuerzeug liegt bei den Spinnen." sagte Leon. "Was machen wir jetzt?"

Xenia sah in den blauen Himmel und schätzte die Position der Sonne.

"Es ist noch früh am Tag, ich denke, es würde klappen!"

"Was denn?" fragte Leon. Als Xenia ihm das Fernglas aus der Hand nahm verstand er. Sie schraubte die konvexe Linse aus dem Rohr und polierte sie an ihrer Hose. Als sie hindurchsah war ihr Auge riesig vergrößert und Leon meinte:

"Das wird funktionieren! Sammeln wir etwas Reisig im Wald, damit es ordentlich raucht und dann robben wir uns nah genug heran!"

Xenia stimmte ihm zu und sich machten sich daran, grüne Äste und Blätter zu finden, die sie auf das Feuer legen konnten. Als sie fertig waren trafen sie sich diesseits des Baches wieder und besprachen den Plan.

"Ich krieche näher an die Hütten und checke, dass uns keiner flankiert. Dann treffen wir uns auf der anderen Seite vom Dorf wieder und holen den Goldzahn, okay?"

Leon war ihrer Meinung.

"Klingt gut! Bis gleich!"

Xenia robbte durch das hohe Gras und beobachtete das Geschehen im Dorf. Sie war so in ihre Aufgabe vertieft, dass sie einen Riesenschreck bekam, als plötzlich der Kopf eines Babys vor ihr aus dem Laub ragte und sie lächelnd ansah.

"Gluckglug", machte das Baby und strampelte strahlend lachend auf sie zu. Xenia hatte den kleinen Jungen sofort am Hals hängen und wurde von ihm liebkost. Besorgt sah sie sich nach der Mutter um, als aufgeregte Bewegung durch das Lager ging.

Am Waldrand stieg Rauch auf. Leon hatte anscheinend schon Erfolg gehabt und Xenia lugte über die Grashalme und sah neben einer Hütte die Krippe, woraus der Kleine anscheinend ausgebüxt war. Der Weg dorthin war frei aber sie riskierte es, unterwegs den Kriegern in die Arme zu laufen. Und sie würde mitten in das Dorf gelangen, anstatt es zu umgehen, wie ursprünglich geplant.

Xenia nahm den kleinen Jungen auf den Arm und lief gebückt los, beobachtete angespannt die Umgebung und gelangte unentdeckt an den Rand der Siedlung. Zum Glück war die Hütte leer als sie hineinschlüpfte. Sie spähte durch den Eingang und sah den Großteil des Stammes in Richtung Rauch und Feuer eilen. Sie würden das Feuer schnell unter Kontrolle bringen. Die meisten trugen Behälter aus großen Kürbissen, um damit Wasser zu transportieren. Offensichtlich waren sie gut organisiert. Xenia verließ die Hütte, nachdem der Weg frei war. Behutsam legte sie das Kind in seine Krippe und begegnete dabei überraschend seiner Mutter, als sie sich umdrehte. Sie hatte verzweifelt nach dem Jungen gesucht. Die Mutter beobachtete Xenia schweigend und machte eine Geste der Dankbarkeit. Xenia wusste nicht, was sie sagen oder tun sollte und sie fürchtete einen Moment lang, die Frau könnte sie verraten. Doch sie nahm Xenia an der Hand und führte sie zwischen den Hütten hindurch in Sicherheit. Nickend bedankte sich Xenia und die Frau kehrte zu ihrem kleinen Sohn zurück.

Xenia vergaß den Plan, rannte zum Totempfahl, fasste sich ein Herz und griff das Idol – den goldenen Schneidezahn. Wie verabredet ging sie dann zur anderen Seite des Dorfes weiter, zum Fuß des Vulkans. Der Rauch den die Löscharbeiten machten hatte das ganze Dorf eingehüllt, so dass sie sehr nah an den Stammeskriegern vorbeilaufen konnte und dennoch nicht entdeckt wurde. Am Fuß des Vulkans traf sie Leon, der hinter einem Felsen auf sie wartete und ihr zuwinkte.

"Hattest du Schwierigkeiten?" fragte er.

"Könnte man so sagen! Aber ich hatte auch Erfolg!"

171

Sie präsentierte ihm den Schlüsselstein. Leon war beindruckt.

"Du hast ihn schon? Was ist denn aus dem Plan geworden?" fragte Leon.

"Pläne ändern sich. Manchmal hat man auch nur Glück..." antwortete sie.

"Na, wenn das die Zahnfee sieht!" scherzte Leon.

"Besser, wir beeilen uns." drängte Xenia. "Ich glaube nicht, dass wir viel Zeit haben, bis sie den Verlust bemerken."

Gemeinsam machten sie sich auf den Weg und hielten Ausschau nach den Piraten und den Einheimischen gleichermaßen, aber sie hatten keine Probleme auf dem Rückweg. Als sie endlich an der Höhle ankamen, war die Sonne fast untergegangen. Behutsam aber entschlossen setzte Xenia den Stein in den Mund ein und dreht ihn in Uhrzeigerichtung fest.

Es dauerte einen Moment, dann öffnete der Mund sich knarzend, als würde er langsam gähnen. Ein paar Vögel wurden aufgeschreckt, aber ansonsten blieb es still. Nachdem er sich ganz geöffnet hatte, gingen Leon und sie hindurch. Sofort wurde es dunkel und kühl um sie herum.

Im Inneren der Höhle war nur wenig zu erkennen, denn das einzige Licht fiel von außen durch die Mundöffnung herein. Doch, was sie sahen, enttäuschte sie. Der Piratenschatz schien aus lauter wertlosem oder kaum nennenswerten Plunder zu bestehen. Ein paar Kerzenleuchter, Glasperlen und Kupfermünzen waren das einzige, was in kleinen Haufen auf dem Boden der Höhle herumlag. Xenia nahm das Buch aus Leons Tasche und fragte Nomi:

"Spürst du hier irgendeine Präsenz? Ich sehe den letzten Dämon nirgendwo. Weißt du vielleicht, wo er stecken könnte?"

Nomi rollte mit den Augen, konzentrierte sich dann aber.

"Ich weiß, dass er hier ist, aber ich glaube nicht, dass er sich in diesem Raum befindet." sagte er.

"Wo soll er denn sonst sein?" wunderte sich Leon.

In diesem Moment hörten sie Geräusche aus der Richtung des Höhleneingangs. Mit einem lauten Krachen schlug der Mund des Steinschädels zu und Xenia und Leon eilten in Richtung Ausgang. Der Steinmund war verschlossen. Ihr einziger Ausweg versperrt. Durch das Loch zwischen den Schneidezähnen grinste sie frech das Gesicht von Kapitän Schwarzzahn an.

"Ahoy Landratten!" sagte er. "Ihr habt doch nichts dagegen, wenn wir den kleinen Zahn hier mitnehmen, oder?"

Er schwenkte den Schlüssel vor ihren Augen und die anderen beiden Piraten lachten hämisch.

"Wir kommen dann später wieder und holen den Rest vom Schatz!" sagte Enge-Augen-Sven.

Xenia war wütend und rief:

"Wir kommen hier nie wieder raus, wenn ihr den Schlüssel nicht wieder reinsteckt!"

"Aye, das ist der Plan!" verkündete der Kapitän und wandte ihnen den Rücken zu.

"Einen angenehmen Tod wünsche ich!"

Leon rief ihnen hinterher:

"Hier ist doch kein Schatz, ihr Idioten. Nur ein paar Kerzenleuchter und Kupfermünzen. Wollt ihr uns dafür etwa sterben lassen?"

"Umso besser", lachte der Kapitän. "Dann brauchen wir überhaupt nicht mehr zurück zu kommen!"

Sie grinsten hämisch und verschwanden. Inzwischen war es in der Höhle stockfinster und Leon und Xenia sahen keinen Sinn darin, wieder zurück in die "Schatzkammer" zu gehen. Sie setzten sich Rücken an Rücken und überdachten ihre Situation.

"Vielleicht gibt es noch einen anderen Ausgang!" hoffte Leon.

"Wenn es einen gibt, werden wir ihn nicht finden. Weiter hinten in der Höhle ist es stockfinster." Xenia scharrte mit dem Fuß auf dem Steinboden. Sie seufzte.

"Nach all dem Stress sitzen wir jetzt hier fest?" wunderte sie sich. "Ich hätte gedacht, das Limbo bringt uns um. Aber nicht, dass wir auf irgendeiner Karibik-Insel sterben ...das ärgert mich richtig."

Leon machte ihr Mut.

"Du gibst doch sonst nicht so schnell auf! Noch sind wir nicht tot und zumindest werden wir hier nicht erfrieren."

"Da hast du Recht!" stimmte Xenia zu. "Der Boden ist überraschend warm. Vielleicht macht das der Vulkan?"

Leon gähnte, anstatt zu antworten.

"Ich bin hundemüde – du?"

Sie nickte nur.

"Schlafen wir etwas!" schlug Leon vor. "Ein paar Stunden Ruhe haben oft schon Wunder gewirkt."

Innerhalb weniger Minuten waren sie Rücken an Rücken eingeschlafen. Es dauerte aber nicht lange, bis ein lautes Geräusch sie wieder aufweckte. Xenia blinzelte, als sich der Mund der Höhle öffnete und vom Licht unzähliger Fackeln beschienen wurden. Sie brauchte einen Moment, um zu erkennen, wer da vor ihr stand. Es war die Erste Kriegerin mit ihrem Stamm. Es war ihr Kind, das Xenia in Sicherheit gebracht hatte. Ihre Jäger hatten die gefangenen Piraten im Gepäck, die ihre Köpfe jämmerlich hängen ließen. Die triumphale Laune war ihnen scheinbar vergangen. Im Arm hielt die Frau ihren kleinen Sohn, der Xenia sofort wiedererkannte. Während er freudig die Luft boxte, strampelte er, um ihr nahe zu kommen.

Die Königin legte ihren Sohn in Xenias Arme, während sie Gesten machte und dabei auf die Piraten zeigte. Leon studierte die Handbewegungen aufmerksam und versuchte sie zu interpretieren.

"Ich nehme an, das hier ist ein Matriarchat. Du hast mir gar nicht erzählt, dass ihr euch begegnet seid."

Xenia hatte alle Hände voll mit dem Kind zu tun, das mal mit ihren Haaren spielte oder sich an die

Träger ihrer Latzhose klammerte. Auf jeden Fall war der Kleine über alles entzückt und die Mutter hatte kein Problem damit, ihren Nachwuchs auf Xenia herumturnen zu lassen.

"Sie bedankt sich bei dir!" vermutete Leon. "Ich nehme an sie glaubt, die Piraten hätten uns gezwungen, mit ihnen zu arbeiten."

Xenia nickte und biss sich auf die Lippen.

"Kannst du ihr sagen, dass wir nicht hier sind, um etwas zu stehlen, sondern nur, um den Dämon zu finden? Vielleicht sollten wir ihr Nomi zeigen!"

Leon reichte ihr die Tasche mit dem Buch und versuchte sich in einer Antwort in Zeichensprache und stotterte dabei eine Art Erklärung.

"Wir sind Freunde! Freund!" er klopfte sich auf die Brust und zeigte auf sein Herz. Die Eingeborenen betrachteten ihn verwundert. Xenia holte in der Zwischenzeit Nomi hervor und als die Königin ihn sah, kniete sie sofort nieder. Die anderen taten es ihr nach.

"Scheint so, als würden sie ihn schon kennen..."

Nomi kicherte.

"Was ist? Worüber lachst du?" fragte Xenia.

"Sie können euch ganz gut verstehen. Ihr braucht nicht vor euch hin zu stammeln." antwortete er.

"Ach ja? Und warum ist das so?" wollte Leon wissen.

"Habt ihr es immer noch nicht bemerkt? Es ist ein Nebeneffekt davon, dass ihr mich bei euch tragt. Ihr könnt jeden verstehen, und sie verstehen euch auch."

"Und warum hast du uns nie etwas davon gesagt?" fragte Xenia.

"Ich kann mich nicht daran erinnern, dass du danach gefragt hast."

"Da hat er einen Punkt", musste Leon zugeben. "Aber warum antwortet sie uns dann nicht?"

Die Königin erhob sich und sprach zu ihnen.

"Bis zur Vollendung der Prophezeiung waren wir an ein Schweigegelöbnis gebunden", erklärte sie. "Nur während unserer Gebete durften wir sprechen."

"Welche Prophezeiung ist das?" erkundigte sich Leon.

Die Königin nahm Xenia ihren Sohn aus dem Arm und wiegte ihn sanft in ihren Armen.

"Das Buch wird zurückkehren und uns von dem Geist befreien, der in der Höhle unserer Vorväter lebt. Dort kommen wir her, dort ist der Reichtum unseres Stammes begraben."

Sie deutete in die Dunkelheit. Xenia schüttelte den Kopf.

"Wir waren schon in der Höhle, da sind keine Reichtümer und auch kein Geist."

Die Königin lächelte. Sie drehte sich zu ihren Stammesgenossen um und befahl ihnen, draußen zu warten. Sie gab ihren kleinen Sohn an eine andere Kriegerin weiter und winkte Leon und Xenia, ihr zu folgen. Gemeinsam betraten sie wieder die Höhle und die Königin zog den Zahn nach hinten, anstatt ihn heraus zu schrauben. Sofort aktivierte sich ein anderer Mechanismus und zwei große Steintore öffneten sich, wo vorher nur massiver Fels zu sehen gewesen war.

"DAS ist die Höhle unserer Vorfahren!" erklärte die Königin und ließ ein paar Krieger mit Fackeln folgen, um ihnen den Weg zu leuchten. Sie winkte ihnen und sie kamen in die Haupthöhle und waren überwältigt von dem Anblick. Ein Wasserfall teilte den Raum in der Mitte und endete in einem kreisrunden Becken, das angefüllt mit Goldstaub war. Die ganze Höhle glitzerte hell von feinstem Goldstaub, der sich an den Wänden verteilt hatte.

"Eine schöne Menge Gold!" stellte Leon fest.

"Das Gold kommt aus dem Inneren der Berge", erklärte die Kriegerin. "Aber es ist nicht unser Schatz."

Sie ging zu dem kleinen Teich und hielt ihre Fackel an ein aus Gold gegossenes Idol, das einen sitzenden Fuchs darzustellen schien. Es ähnelte der Figur ganz oben auf dem Totempfahl im Dorf. Eine Gasflamme brannte bläulich über dem Kopf der Statue und stieg langsam höher, bis an die Höhlendecke. Symbole leuchteten überall auf und aus Gasflammen entstanden tanzende Bilder an den Wänden der Höhle.

"Das ist unser Schatz! So halten wir Kontakt zu den Ahnen! Wir waren getrennt von der Weisheit unserer Vorfahren, denn ohne das Buch konnte niemand die Höhle betreten. Der Geist ließ uns nicht hinein."

Xenia und Leon betrachteten begeistert die flammenden Bilder, die eine Reise über das Meer schilderten. Deutlich waren auch der große Vulkan und die Insel, die die neue Heimat des Stammes geworden war, zu erkennen. Dann riss sich Xenia aus ihren Gedanken.

"Aber, wo ist der Dämon?" bemerkte sie und nahm Nomi zur Hand. "Spürst du jetzt irgendetwas?"

Nomi raschelte in ihren Armen und beantwortete die Frage:

"Ja, ich spüre ihn. Er ist nah."

"Nur wo?" fragte Leon.

Plötzlich leuchtete der Umriss eines großen Fuchses vor der Wand auf. Er schien aus einem der Wandbilder direkt herauszuspringen. Sofort riss er einen der Fackelträger um. Der Mann wehrte sich verzweifelt gegen das große Tier. Xenia schlug das Buch auf und ein heller Lichtstrahl schoss daraus hervor und in Richtung des Tieres. Doch der Fuchs war schon wieder verschwunden und ließ nur eine Lichtspur zurück. Sie sahen seinen Umriss verblassen. Der Krieger konnte wieder aufstehen und war bis auf ein paar Kratzer unversehrt geblieben.

"Er ist stark! Stärker noch als der Letzte!" rief Xenia.

"Wie sollen wir ihn finden, wenn er unsichtbar ist?" fragte Leon ungläubig.

Sie zogen sich unsicher ein wenig zurück und blockierten die Ausgänge zur Höhle.

"Er testet unsere Stärke", vermutete Xenia. "Wahrscheinlich will er hier gar nicht raus."

Die Krieger hielten ihre Speere schützend vor sie und ihre Königin. Xenia hatte eine Idee.

"Ich möchte, dass ihr Goldstaub sammelt. So viel wie ihr tragen könnt! Und dann werft ihn gleichzeitig in die Luft!"

Die Königin nickte und sie taten alle, was sie vorgeschlagen hatte. Xenia gab das Signal.

"Jetzt!" rief sie und hielt Nomi bereit, um den Dämon einzufangen. Der Goldstaub stieg glitzernd hoch in den Raum und verteilte sich dann überall. Am anderen Ende der Höhle machte Xenia die Umrisse des Tieres aus. Der Fuchs schüttelte sich, um den Goldstaub loszuwerden. Aber Xenia hielt das Buch direkt auf ihn gerichtet und der Lichtstrahl umschloss ihn und zog ihn näher. Das große Tier wehrte sich und Leon und die Königin mussten Xenia's Schulter und Hüfte umklammern und wurden sie trotzdem alle über den Boden geschleift.

Auch wenn er kämpfte gab es keinen Ausweg für den Fuchs. Er wurde jetzt vollkommen sichtbar und alle bestaunten seine Schönheit. Er sah tatsächlich aus, wie eine Mischung aus Leopard und Fuchs. Eine große Raubkatze, geschmeidig und schön, mit kurzem golden-glänzenden Fell.

Noch ein letztes Aufbäumen, eine letzte Anstrengung des Wesens, dann war es geschafft. Erschöpft klappte Xenia das Buch zu und warf es in den Goldstaub. Ihre Arme und Hände zitterten vor Anstrengung. Sie fiel auf die Knie.

"Gott sei Dank war er der Letzte! Die werden wirklich immer stärker!"

"Ich konnte dich kaum festhalten. Es war als würden wir von einem Elefanten durch den Raum geschleift!" keuchte Leon, noch ganz außer Atem.

"Wenn du nicht immer bloß mit Zahnstochern als Gewichte trainiert hättest, wäre es sicher einfacher gewesen!" kommentierte Nomi und Xenia lachte.

"Hey, wie geht es dir jetzt, wo du wieder komplett bist?"

Nomi dachte darüber kurz nach und sagte:

"Ich fühle mich nicht mehr müde. Aber meine Erinnerung ist immer noch voller Lücken. Ich glaube aber, dass bald alles zu mir zurückkommen wird. So wie meine fehlenden Seiten. Ich bin dir zu großem Dank verpflichtet! Euch beiden!"

"Hört, hört!" sagte Leon. "Er hat ja doch Manieren!"

Die Königin und die Krieger verbeugten sich tief vor ihnen. Auch sie bedankten sich:

"Ihr habt uns von dem Fluch erlöst, der auf dem Schatz unserer Vorfahren lastete. Jetzt können wir wieder Kontakt zu ihnen aufnehmen. Unsere Sprache und Kultur wird wieder erblühen, wie es prophezeit worden ist!"

Sie leuchtete mit ihrer Fackel in eine Ecke des Raumes, wo die Geschichte ihres Volkes zu Ende erzählt wurde. Dort sah sie zwei Figuren, die etwas Quadratisches in den Händen trugen. Es waren ein Mann und eine Frau und der Gegenstand war eindeutig ein Buch. Jetzt war es auch Leons und Xenias Geschichte. Die Krieger jubelten und draußen jubelte der Rest des Stammes und drängte in die Haupthöhle.

Hinter dem Wasserfall strahlte hell ein Licht, und Xenia wusste, dass es der Spiegel war. Er wartete nur auf sie. Und Danai wartete auf der anderen Seite.

"Wir haben es noch nicht ganz geschafft", sagte Xenia zu Leon. "Bist du bereit für den Rest der Reise?"

Leon brauchte gar nichts zu sagen. Sie wusste, dass er ihr folgen würde.

"Bleibt doch noch für unsere Feier hier!" schlug die Königin vor. "Wir möchten euch die Ehre erweisen, die ihr verdient habt!"

Xenia und Leon sahen einander an, aber sie schüttelten dann beide den Kopf.

"Das ist sehr verlockend, aber eine Freundin wartet auf unsere Hilfe."

Die Königin verstand.

"Wir werden euch nie vergessen und eure Reise ist für immer ein Teil unserer Geschichte." erklärte sie. "Und übrigens", fuhr sie an Xenia gewandt fort, "Dein Dämon - unser Geist - er ist eine Sie."

"Hätte ich mir denken können", lachte Xenia.

Sie watete mit Leon in das Wasser und durch den Wasserfall hindurch und stand klatschnass und vom Goldstaub glänzend direkt vor dem Spiegel. Xenia reichte ihm ihre Hand und Leon hielt sie fest. Sie seufzte:

"Mal sehen, wo wir diesmal rauskommen. Ich hoffe, kein weiteres Labyrinth..."

"Ich hoffe, keine weiteren Spinnen!" sagte er.

Sie drehten sich noch einmal um. Durch den Wasserfall hindurch sahen sie die Umrisse der Stammesleute, die ihnen zum Abschied zuwinkten. Dann gingen sie durch den Spiegel und waren innerhalb derselben Sekunde verschwunden.

Sie fanden sich am Ende einer langen Landbrücke wieder. Leon blickte über den Rand und stolperte wieder zurück. Ein paar Felsbrocken brachen ab und rollten hinab.

"Da geht's tief runter."

"Zum Glück führt unser Weg vorwärts." sie deutete auf das Ende der Brücke.

Xenia holte Nomi aus der Tasche und rief nach Danai.

"Danai, hörst du mich?"

Danais Stimme antwortete ihr müde.

"Ihr seid ganz nah, geht weiter! Konfrontiert eure Ängste!"

Der letzte Teil des Satzes ging fast unter und verblasste, so schwach kam er zu ihnen herüber.

"Wer war das?" fragte Nomi.

"Das war Prinzessin Danai. Wegen ihr mache ich das alles hier. Damit ich dich zurückbringen und sie erlösen kann! Und dann hoffentlich selber nach Hause zurückfinde..."

Nomi wirkte nicht überzeugt.

"Ich kenne diese Stimme. Aber etwas an der Geschichte stimmt nicht!"

"Ach ja?" fragte Leon. "Was denn?"

Nomi strengte sich an, versuchte sich zu erinnern, gab es aber bald auf.

"Es ist zwecklos", gab er zu, "ich kann mich nicht mehr erinnern..."

"Versuch es weiter!" sagte Xenia. "Für's Erste haben wir nur ein Ziel: über die Landbrücke zu kommen!"

Sie folgten dem schmalen Weg einen halben Kilometer weit. Die Verbindung schien natürlich gewachsen, statt künstlich erbaut zu sein. Stalaktiten bildeten die Brückenpfeiler. Die Oberfläche bestand aus Kalkstein. Er war leichter und weniger stabil als der Fels der Höhle.

 Die Oberfläche war glatt und glänzte nass. Leon ging ein Stück voraus und erreichte die Mitte der Brücke. Entsetzt schrie er auf, als sein Fuß durch den Boden brach. Xenia wollte ihm zur Hilfe eilen aber er hielt sie zurück.

"Bleib wo du bist! Die Brücke ist hier sehr dünn. Wenn du auch noch herkommst, werden wir durchbrechen!"

Xenia stoppte und beobachtete, wie Leon den Fuß aus dem Loch im Boden zog und weiterging. Nach ein paar Metern gab er ihr ein Signal.

"Alles klar, hier ist es schon wieder fest. Du kannst kommen!"

Xenia folgte ihm und warf einen Blick durch das Loch im Boden. Es schauderte sie, denn dort unten sah sie nur undeutlich einen weißen Nebel über den Boden wabern. Sie waren wirklich sehr hoch oben und jeder Schritt konnte der Letzte sein.

Fröstelnd schloss sie zu Leon auf und sie gingen nebeneinander auf das Ende der Brücke zu. Dahinter ragte ein riesiges verschlossenes Tor auf. Dennoch drang helles Sonnenlicht durch die Ritzen und zeichnete ein leuchtendes Muster auf den Boden vor der Tür. Und dort stand auch der Wächter des Tores. Er war furchteinflößend.

Eine Art gehörnten Wikingerhelm auf dem Kopf, seine Rüstung über und über mit Dornen und Haken besetzt, an denen Fetzen der Kleider seiner Opfer hingen. Statt Füße hatte er Hufe und auch seine muskulösen Beine schienen dicht behaart und wirkten nicht menschlich. Der Wächter war sehr groß. Er maß über fünf Meter und trug in der Hand ein brutales Schwert, das fast so groß war wie er selbst. Seine Rüstung klapperte und klimperte, wenn er sich bewegte. Die Scharniere zwischen den Rüstungsplatten quietschten und er schritt mühsam vor dem Tor auf und ab. Noch hatte er sie nicht bemerkt.

"Das ist Wahnsinn! Ich gehe nicht weiter. Der haut uns doch in Stücke!" meinte Leon.

"Danai hat gesagt, wir müssen unsere Ängste konfrontieren! Und was sollen wir sonst tun – etwa zurücklaufen? Wer sagt dir, dass am anderen Ende der Brücke nicht ein noch viel größeres Monster auf uns wartet?"

Sie hob einen Stein auf und warf ihn in Richtung des Dämons. Der Stein kullerte harmlos vor dessen Füße. Leon flüsterte noch schnell:

"Und was machen wir wenn er nicht mit uns reden will?"

"Dann laufen wir!" antwortete Xenia.

Der Wächter hatte sie bemerkt, stützte sich auf sein Schwert und wartete.

"He du!" begrüßte ihn Xenia. "Was ist hinter der Tür?"

"Seid mir gegrüßt, Fremde", sagte der Wächter und seine Stimme ließ den Boden erzittern. "Hinter der Pforte liegt Arkadia. Das Land, wo all eure Träume in Erfüllung gehen und wo es keinen Mangel gibt!"

"Das Paradies!" sagte Leon.

"Na schön, vielleicht an einem anderen Tag!" meinte Xenia. "Weißt du zufällig, wo wir hier einen Spiegel finden können?"

Der Wächter wirkte verwirrt.

"Ihr wollt nicht nach Arkadia? Nicht mit mir kämpfen?"

Xenia schüttelte den Kopf.

"Nein, nein, wir suchen nur einen Spiegel, der uns hier herausbringt. Wir wollen aus dem Limbo, verstehst du?"

Der Dämon wirkte nicht überzeugt.

"Das ist ein Trick, oder? Ihr wollt mich überlisten!" drohend ging er in Kampfhaltung und Leon und Xenia blieben weiter auf Abstand zu ihm.

"Kein Trick!" sagte Xenia und Leon ergänzte:

"Ich würde wirklich gerne nach Arkadia, in das Land der Legenden. Aber dafür haben wir keine Zeit. Wir suchen nur den Spiegel, der uns hier wieder rausbringt."

Der Wächter überlegte. Dann sagte er:

"Die einzigen Spiegel, die es hier gibt sind aber in Arkadia!"

"Oh Mist!" fluchte Xenia und rief Leon zu: "Lauf!"

Das musste sie nicht zweimal sagen, denn Leon hatte schon die Beine in die Hand genommen und ihr gegenüber einen Vorsprung gewonnen. Sie liefen zurück über die Brücke, während sich der Wächter nur langsam in Gang setzte und seine schwere Rüstung beim Laufen quietschte und schepperte. Leon und Xenia hatten einen ordentlichen Vorsprung, doch der Wächter holte erstaunlich schnell auf. Seine muskulösen Beine trugen ihn schneller vorwärts als seine Größe es vermuten ließ. Xenia kam Leon näher, sie war ebenfalls außer Atem.

"Ich...kann...nicht mehr!" keuchte Leon und wurde langsamer. Xenia verlangsamte ebenfalls, während der Wächter mit unverminderter Geschwindigkeit näherkam.

"Das war's dann!" sagte Leon. "Hat mich wirklich gefreut dich kennenzulernen!"

"Mehr hast du nicht zu sagen?" fragte Xenia schelmisch.

"Schon, aber dazu werden wir wohl keine Zeit mehr haben..." meinte Leon.

Mit riesigen Schritten kam der Wächter näher und näher und mit einem letzten Sprung landete er direkt hinter ihnen – und brach im dünnen Boden der Brücke ein. Nur noch seine Arme und Schultern steckten durch das Loch. Er schimpfte und zappelte aber der Wächter steckte fest. Xenia sprang geschickt auf das Visier seines Helmes und auf die andere Seite.

"Jetzt komm!" rief sie Leon zu. Der folgte ihr nach kurzem Zögern. Und kaum war er vom Rücken des Wächters auf die andere Seite gesprungen, gab die Brücke nach und der Riese stürzte in die Tiefe.

Xenia legte die Hände an den Mund und rief ihm hinterher.

"Du hättest einfach etwas netter sein sollen, Wächter von Arkadia!"

Sie wandte sich zu Leon und gemeinsam gingen sie zurück zum Tor.

"Ich glaube sowieso nicht, dass er sterblich ist!" meinte sie.

"Auf jeden Fall wird er eine Weile brauchen, bis er wieder zurück am Tor ist..." vermutete Leon.

Vergnügt gingen sie den Rest des Wegs und standen bald vor dem riesigen Tor und rätselten, wie man es öffnen konnte. Xenia holte Nomi wieder heraus und zeigte ihm das Tor.

"Arkadia!" sagte er.

"Du warst schonmal hier?" fragte Xenia. "Erinnerst du dich, wie du reingekommen bist?"

"Habt ihr es denn mit Anklopfen versucht?" schlug Nomi vor.

Xenia und Leon fanden den Vorschlag zwar lächerlich, klopften aber trotzdem gegen die riesige Pforte. Man hörte ihr Klopfen kaum, darum waren sie umso verblüffter, als sich daraufhin die Tore öffneten. Sie schützten ihre Augen gegen das grelle Licht.

"Die Arkadier sind ziemlich höfliche Menschen. Anklopfen und mal 'Bitte' oder 'Danke' sagen wirken hier Wunder!" erklärte Nomi.

"An so was erinnerst du dich also!" motzte Xenia. "Vielleicht denkst du mal wieder über Danai und wie wir hier rauskommen nach!"

Nomis Gesicht verdüsterte sich wieder und er runzelte die Stirn. "Der Name sagt mir nichts aber diese Stimme...die Stimme kenne ich!"

Sie gingen staunend hinein in die Wärme, dem hellen Licht entgegen. Und die Pforten Arkadias schlossen sich hinter ihnen.

Kapitel 15 - Arkadia

Obwohl sie sich immer noch in einer Höhle befanden, strahlte von oben hell und warm eine kleine Sonne. Die Vögel zwitscherten und der Wind rauschte durch dichte Wälder aus Olivenbäumen und Zedern. Grüne Büsche standen in voller Frucht und hingen schwer voller roter und blauer Beeren. Xenia hatte kaum Zeit dies alles zu bewundern, denn sie und Leon fanden sich vor einer kleinen bunt gekleideten Menschenmenge wieder, die sich neugierig versammelt hatte, um zu sehen, wer durch das Tor trat.

Sie alle trugen Togen, die am Saum mit goldenen und bunten Fäden kunstvoll bestickt waren. Es waren Menschen jeden Alters. Gemeinsam war ihnen nur die Neugier, mit der sie die Ankömmlinge musterten. Einer von ihnen, ein großer grauhaariger und schlanker Mann, verneigte sich leicht.

"Willkommen Fremde! Ich bin Kyrion von Arkadia. Was führt euch in unser kleines Reich?"

"Arkadia?" rätselte Leon. "Ist es wirklich das Land, in dem Milch und Honig fließt?"

Kyrion lächelte.

"Nur sprichwörtlich! Aber es ist das Land, wo man ewig lebt und keine Nöte kennt." Er trat näher und schüttelte ihnen die Hände.

"Ich bin Xenia und das ist Leon", erklärte Xenia. "Wir sind auf der Suche nach einem Spiegel..."

"Ein Spiegel? In Arkadia brauchen wir keine Spiegel", antwortete Kyrion schlicht. Um ihn herum drängten sich die Einwohner der Stadt und befühlten neugierig die Kleidung der Fremden und machten ein Weiterkommen vorerst unmöglich. Mit einer Handbewegung scheuchte Kyrion sie fort und entschuldigte sich.

"Wir bekommen nicht oft Besucher. Wie seid ihr am Torwächter vorbeigekommen, wenn ich fragen darf?"

"Oh, er hatte einen schlechten Tag und ist von der Brücke gefallen, fürchte ich." antwortete Xenia.

"Wie schrecklich!" meinte Kyrion. "Hoffentlich ist ihm nichts passiert!"

"Seid ihr nicht froh, ihn los zu sein?" fragte Leon verwundert.

"Er ist zu unserem Schutz hier. Niemand, der nach Arkadia kommt will es freiwillig wieder verlassen. Seine Anwesenheit schützt uns gegen Gefahren von außen."

Er winkte ihnen, ihm zu folgen und sie kamen bald auf einen Balkon von dem aus man einen wundervollen Ausblick auf das Tal von Arkadia hatte. Überall schmiegten sich Gebäude aus hellem Marmor harmonisch an die rohen Felsen und flossen ineinander über, beschattet vom Laubwerk großer Bäume.

"Es ist herrlich hier!" stellte Xenia fest.

"Nicht wahr?" erwiderte Kyrion stolz. "Es ist auch das Werk vieler Generationen, die hier alle gemeinsam leben. Es fehlt uns an nichts und wir fällen jede Entscheidung gemeinsam. Ich bin lediglich der gewählte Vertreter und spreche für die Anderen."

Sie gingen eine steile Treppe herab und kamen auf den Marktplatz, wo alle möglichen Waren angeboten wurden und wo jeder sich nur nahm, was er brauchte. Es herrschte eine ruhige und freundliche Stimmung. Die Menschen auf dem Platz beobachteten sie neugierig aber mit Zurückhaltung. Niemand drängte sich ihnen auf und sie kamen bald ans Ende des Platzes. Vor einem großen Haus hielten sie an.

"Ihr müsst müde sein! Nehmt ein Bad in unseren heißen Quellen."

Er führte sie in das Haus und winkte einem jungen Mann und einer Frau zu, die sofort zu ihnen eilten.

"Das ist Georgios, mein Sohn, und seine Frau Helena. Sie werden euch die Zimmer zeigen."

Damit verabschiedete er sich mit einer weiteren Verbeugung und Xenia und Leon taten es ihm nach. Xenia flüsterte Leon zu:

"Wenn das eine Falle ist, spielen sie auf jeden Fall sehr gut die Harmlosen."

"Tun wir einfach, was sie wollen, bevor wir irgendwelche voreiligen Schlüsse ziehen. Ein Bad und etwas zu essen sind nicht das Schlimmste, was uns passieren konnte." fand Leon.

Sie folgten ihren beiden Gastgebern und erkannten bald, dass sie sich eher in einem Palast als in einer Herberge befanden. Die Zimmer waren groß und reich geschmückt mit Ornamenten und duftenden Pflanzen vor jedem Fenster. Orangenbäume blühten auf den Balkonen und wilder Wein rankte sich um alle Säulen. Dazwischen summten leise aber geschäftig Hunderte Bienen, die ebenso freundlich und harmlos wie die Bewohner dieses Paradieses zu sein schienen. Helena zeigte Xenia ihr Zimmer und Leon wurde in das benachbarte Zimmer geführt. Dann ließen sie die Beiden alleine und Xenia und

Leon stiegen aus ihren Klamotten, die steif vor Schmutz waren. Auf dem Bett fanden sie jeweils eine Toga und schlüpften hinein, bevor sie sich vor den Zimmern wieder trafen.

"Jetzt bin ich mal gespannt, wie die Bäder aussehen!" frohlockte Leon. "Das Zimmer ist ja wie in 'nem Luxushotel."

"...nur ohne Fernseher", sagte Xenia

"Fernseher?" fragte Leon. "Setzen sich die Dinger etwa wirklich durch?"

"Und ob!" lachte Xenia und lief voraus in den Garten.

Dort erwarteten sie die Bäder, aus heißen Quellen gespeist. Mehrere Dutzend Menschen planschten und genossen Obst und Gebäck, das in großen Körben am Rand der Becken aufgestellt waren. Auch Xenia und Leon bedienten sich, bevor sie aus ihren Roben schlüpften und in das wohltuend warme Thermalwasser eintauchten.

Xenia tauchte unter und spuckte Leon einen Wasserstrahl ins Gesicht, woraufhin er lachend ihren Kopf unter Wasser tunkte, nur um zu merken, dass er ihr nicht gewachsen war und sie ihn mühelos mit sich zog. Prustend tauchten sie wieder auf. Eine Weile unterhielten sie sich, bis sie erschöpft zum Rand des Beckens schwammen und sich auf flache Stufen setzten, die unter Wasser in den Stein gehauen waren. Ein dunkelhäutiger Mann saß neben Xenia und bot ihr einige Trauben an, die sie genussvoll aß.

"Ich bin Xenia", stellte sie sich vor. "Wir sind gerade erst angekommen!"

"Das weiß ich", sagte der Mann, "ihr seid das Gespräch der Stadt. Seit Hunderten von Jahren ist niemand mehr durch das Tor gekommen. Ich bin John."

"John?" wunderte sich. "Ist das ein griechischer Name?"

"Nein, nein", lachte er kopfschüttelnd", ich komme aus Neu-England, aus Boston, um genau zu sein."

Xenia war verwirrt.

"Dann sind das hier nicht alles alte Griechen oder so? Wie bist du hierhergekommen?"

"Ich bin durch einen Spiegel gegangen", entgegnete er. "Vor vielen hundert Jahren. Ich weiß, das hört sich unglaublich an..."

Xenia unterbrach ihn.

"Wann ist das passiert? Ich meine – wie bist du durch den Spiegel gegangen? Wo ist er jetzt?"

"Ist er hier in Arkadia?" fragte Leon.

"Nein, er war jenseits der Tore." antwortete John.

Enttäuscht sahen sich Xenia und Leon an.

"Aber es gibt hier noch andere Spiegel, die genauso aussehen..." sagte John.

Xenia fragte neugierig:

"Warum hat ihn dann noch niemand benutzt?"

John griff sich einen saftigen Apfel aus dem Korb und biss herzhaft hinein.

"Wozu? Um von hier wegzukommen?" er lachte. "Keiner will das – warum auch? Außerdem leuchtet der Spiegel nicht!"

"Wir bleiben jedenfalls nicht hier!" machte Xenia klar. "Wir haben es fast geschafft. Unser Ziel zu ist zum Greifen nah!"

John seufzte.

"Etwas ist euch beiden vielleicht nicht bewusst: ihr habt gar keine Wahl! Während wir sprechen werden eure Sachen verbrannt und euer Eigentum vernichtet. Wir sind hier alle gleich und niemand besitzt etwas, das kein anderer hat."

Xenia war jäh aufgestanden und hatte vergessen, dass sie keinen Bikini oder Ähnliches trug. Leon wurde rot und hielt ihr schnell ein Handtuch hin. Dann stand er ebenfalls auf und wickelte sich in seine Toga ein.

"Du kommst mit!" befahl sie und zog John am Arm hoch und zwang ihn, in seine Toga zu steigen. Dann rannten sie zurück zu ihren Zimmern und fanden, dass er die Wahrheit gesagt hatte. Ihre Kleidung war verschwunden und damit auch die Tasche mit Nomi.

"Mein Gott!" sagte Leon und wurde bleich im Gesicht. "Nicht Nomi – wir müssen ihn finden!"

"Schnell, zeig uns, wo die Sachen verbrannt werden!" forderte Xenia.

"In den Brennöfen der Keramik", sagte John und winkte ihnen, ihm zu folgen. Sie rannten wieder über den Marktplatz, bogen dann ab und mussten eine scheinbar endlose gewundene Treppe herabsteigen. Xenia drohte:

"Wehe, wenn du uns nicht die Wahrheit sagst! Ein Freund von uns ist in großer Gefahr!"

John deutete nur abwärts, wo dunkle Rauchwolken aus hohen Schornsteinen aufstiegen.

"Da unten ist es! Ich kann nicht dafür garantieren, dass sie eure Sachen dorthin gebracht haben, aber es sehr wahrscheinlich."

Xenia und Leon liefen voraus und achteten nicht auf die Blicke der Bewohner Arkadias, die solche Eile nicht kannten und sich voller Verwunderung nach den Neuankömmlingen umdrehten.

Gerade noch rechtzeitig kam Xenia in die Kammer, wo das Holz für die Öfen gelagert wurde. Dort lag Nomi auf dem Boden und schrie die anwesenden Arkadier an, sie sollten gefälligst die Finger von ihm lassen. Die Arkadier betrachteten das Zauberbuch unschlüssig und sie hielten Abstand.

"Puh, zum Glück!" sagte Xenia und nahm das Buch auf und klopfte den Staub ab. Leon holte währenddessen seinen Mantel aus dem Feuer und klopfte die Flamme aus, die ein Ende des langen Mantels verkohlt hatte.

"Wie geht es dir?" fragte Xenia und Nomi gab ihr wütend Antwort.

"Was für Barbaren! Sie wollten mich verbrennen! Meine Augen sind noch ganz rot vom Rauch!"

"Sie wussten nicht, wer du bist. Ich bin mir sicher, es tut ihnen leid. Und jetzt mach' die Augen zu, während ich mich umziehe!"

Aus dem Korb neben dem Ofen nahm sie ihre Kleidung und schlüpfte schnell hinein, während Leon am anderen Ende des Raumes dasselbe mit seinen Sachen machte. Er roch an seinem Ärmel und meinte:

"Toll, jetzt rieche ich wie'n Räucherfisch!"

"Immer noch besser, als wenn sie alles verbrannt hätten!" meinte Xenia.

John kam nun ebenfalls zu ihnen und hinter ihm schritt auch Kyrios. Dieser schien alles andere als erfreut darüber, dass sie sich den Gebräuchen Arkadias widersetzten.

"Das hat es noch nie gegeben! Warum hängt ihr so sehr an eurem Besitz? Hier ist es Sitte, sein altes Leben gehen zu lassen, um ein Teil von Arkadia zu werden!"

"Wir wollen gar kein Teil von Arkadia werden!" sagte Xenia trotzig. "Wir wollen unseren Job zu Ende bringen und nicht den ganzen Tag in der Sonne liegen."

"Es ist unsere Pflicht", ergänzte Leon stolz. "Wir bringen dieses magische Buch zurück und retten ein Leben!"

Kyrios war sichtbar verwundert:

"Aber - das kann doch nicht sein! Zieht ihr das kurze zänkische Leben auf Erden etwa dem perfekten Zustand vor, in dem wir hier leben? Ohne Streit, ohne Tod. Generationen, die miteinander leben, statt nacheinander? Was wollt ihr mehr?"

"Vielleicht kommen wir ja wieder!" sagte Xenia zwinkernd. "Aber für den Moment ist das ausgeschlossen. Wir brauchen Johns Hilfe. Könnt ihr ihn entbehren, dann seid ihr uns bald wieder los!"

Kyrios dachte darüber nach.

"Ich will euch nicht gehen lassen, aber ich kann euch nicht daran hindern. Hier gibt es keine Gewalt und keine Gefängnisse. Aber ihr macht einen schweren Fehler, wenn ihr mich fragt! Wer Arkadia einmal im Leben zu sehen bekommt, kehrt niemals dorthin zurück! Ihr bleibt entweder hier, oder ihr werdet Arkadia niemals wieder zu Gesicht bekommen."

Leon antwortete:

"Es ist nicht unser Schicksal, bei euch zu bleiben."

"Gegen das Schicksal sind selbst die Götter machtlos", stimmte Kyrion zu und legte eine Hand auf Johns Schulter.

"Zeig ihnen, was sie wollen und mach sicher, dass sie das Tal verlassen."

Er reichte Xenia die Hand.

"Es gibt für alles ein erstes Mal! Lebt wohl, Xenia und Leon!"

"Lebt wohl!" sagten beide, bevor Kyrios sich umdrehte und würdevoll davon schritt. Xenia wandte sich John zu.

"Du musst uns den Spiegel zeigen! Vielleicht haben wir Glück und es ist der Spiegel, der uns hier herausführt."

John nickte und sie folgten ihm.

"Es ist nicht weit von hier. Im Tempel der Athene. Aber der Spiegel ist stumpf, ihr werdet dort kaum einen Ausweg finden."

Sie gingen schweigend ihres Weges und staunten noch oft über die Schönheit und Eleganz Arkadias, bevor sie am Tempel ankamen. John war überrascht, als er erkannte, dass der Spiegel jetzt doch leuchtete.

"Das ist wohl euer Zeichen!" sagte er.

"Dann ist es an der Zeit Abschied zu nehmen", erklärte Xenia und umarmte ihn.

"Es sei denn, du willst mit uns kommen!" meinte Leon und schüttelte seine Hand.

"Ein verlockendes Angebot, aber ich weiß, die Welt außerhalb Arkadias wird sich niemals ändern.

Ich bin schon zu lange hier, um mich wieder an Krieg und Hunger gewöhnen zu können."

"Dann wünsch' uns Glück auf unserer Reise!" sagte Xenia, nahm Leons Hand und ging mit ihm durch den Spiegel. John rief ihnen noch hinterher:

"Viel Glück!"

Doch sie waren schon verschwunden.

Kapitel 16 - Die Dunkelhexe

Sie standen auf einem Berg, unter einem düster bewölkten Himmel und waren ständigem Nieselregen und Wind ausgesetzt. Der Spiegel stand wie eine Art Gipfelkreuz hinter ihnen.

"Brr", machte Xenia und fröstelte. "Nicht gerade das, worauf ich gehofft hatte. Wo zum Teufel sind wir diesmal gelandet?"

Leon sah sich um. Sie standen auf einer Anhöhe und blickten hinab in ein nebliges Tal. Durch den Nebel waren schwach die Umrisse eines Schlosses zu erkennen. Ohne langes Zögern, gingen sie auf das ferne Gebäude zu.

"Ich habe eine Theorie zu den Spiegeln", sagte Leon.

"Und die wäre?" fragte Xenia.

"Ich glaube, die Spiegel reisen selbst durch die Zeit! Sie waren gar nicht vor uns hier. Jedenfalls nicht die, durch die wir irgendwo hinkommen."

"Du meinst, der Spiegel kopiert sich endlos?"

Leon nickte.

"So ähnlich zumindest. Wie ein Spiegel, der einen anderen Spiegel spiegelt und dabei ein endloses Bild erzeugt. Sie sind nicht einmal Kopien voneinander. Es gibt irgendwo den ersten Spiegel und die anderen Spiegel sind nur Abbilder davon."

"Wie ein Echo. Spiegel im Spiegel", seufzte Xenia.

John nickte.

"In gewisser Weise schon. Wir existieren parallel zu allen Zeiten. Für den Spiegel spielt Zeit keine Rolle und unsere Aktionen finden alle zugleich, nur an unterschiedlichen Orten statt. Darum kann der Spiegel immer dort sein. Aber erst, wenn die Zeitlinien konvergieren, öffnet er sich und lässt uns durch."

"Ich krieg' von der Vorstellung alleine Kopfweh!" sagte Xenia. "Lass uns gehen und nachsehen, was uns hier erwartet, ja?"

Sie kraxelten den Berg herab. Durch dichte Tannenwälder und über grün bemooste Felsen, die umringt von sattgrünen Farnen waren stiegen sie. Schließlich erreichten sie einen Schotterweg und folgten ihm talabwärts, dorthin, wo sie das Schloss vermuteten.

Auf dem Weg trafen sie immer wieder auf seltsame Steinformationen. Es sah aus, als hätte jemand mit großer Mühe und sehr viel Kraft große

Steinbrocken zermalmt und auf dem Weg verteilt. Daneben lag überall feiner Granit auf der Straße und bildete flache Steinhaufen.

"Es ist unheimlich hier!" stellte Leon fest und horchte. "Ich war noch nie in einem Wald, wo man kein einziges Tier hört. Nicht einmal die Vögel zwitschern!"

Xenia gab ihm Recht, griff nach der Tasche mit Nomi und zog ihn heraus.

"Guten Morgen. Wie geht's dir?"

"Ich fühle mich fast wieder normal", antwortete das Buch, "aber irgendetwas stimmt noch nicht! Ich versuche mich immer noch an diese Stimme zu erinnern..."

"An Danai?" fragte Xenia.

"Ja, ihre Stimme...ich kenne sie. Aber ich weiß nicht, woher und wieso."

Xenia schwenkte ihn herum, damit er die Gegend betrachten konnte.

"Kommt dir irgendetwas hiervon vielleicht bekannt vor?" wollte sie wissen.

Nomi brauchte nicht lange darüber nachzudenken. Er antwortete hastig:

"Ihr seid in großer Gefahr hier! Flieht! Flieht in den nächsten Spiegel!"

"Sind wir nicht immer in großer Gefahr?" versuchte Leon zu scherzen.

"Woher willst du das wissen, Nomi?" fragte Xenia besorgt.

"Es ist eine...Intuition. Ich spüre, dass ich schon einmal hier war – und dass es kein gutes Ende genommen hat."

Sie steckte ihn wieder weg und meinte:

"Wenn dir nichts Besseres einfällt, dann machen uns jetzt auf den Weg zum Schloss. Vielleicht weiß dort jemand Bescheid, was hier los ist."

Unter Protest steckte sie Nomi wieder weg und sie gingen weiter. Xenia blieb vor einem der Steinhäufchen stehen und hockte sich hin. Sie wog die größeren Steinbrocken in ihrer Hand und lies dabei den Kies durch die Finger rinnen.

"Es ist sonderbar", befand sie. "Ich habe auch das Gefühl, schon einmal hier gewesen zu sein. Aber es ist wie ein Traum. Wie etwas, an das ich mich gar nicht richtig erinnern kann."

Sie hob einen der Steinbrocken auf, drehte ihn um und ließ den Stein vor Schreck wieder fallen. Ein versteinertes Gesicht starrte sie an. Leon musterte sie besorgt.

"Was ist?" fragte er.

"Da ist... ein Gesicht im Stein. Das sind alles Menschen – verzauberte Menschen."

Leon betrachtet das versteinerte Gesicht nachdenklich.

"Ob sie das getan hat? Die Hexe? Was immer es ist, wir werden die Antwort nicht auf dieser Straße finden!" vermutete Leon.

Sie kamen dem Schloss immer näher und als sie es wenig später aus dem Nebel aufragen sahen, erkannten sie, dass es nur noch eine Ruine war. Von dem einst prachtvollen Gemäuer standen bloß ein paar kaputte Türme noch aufrecht. Die dicken Wände waren überall voller Löcher. Teile der Gebäude waren komplett eingestürzt und als Geröll den Hang hinuntergestürzt.

"So viel dazu, dass wir hier Antworten finden. Ich bezweifle, dass hier überhaupt jemand lebt."

Leon trat durch den kaputten Torbogen in den Innenhof. Der Wind fuhr pfeifend durch das zerfallene Mauerwerk und zerrte an seiner nebelfeuchten Kleidung.

"Ich werde mir eine Erkältung holen", seufzte Xenia und folgte ihm.

Immer tiefer gelangten sie in die Ruine und durchforsteten jeden Raum. Die Zimmer waren noch komplett eingerichtet aber offensichtlich war das Schloss von seinen Bewohnern aufgegeben worden. Scheinbar hatten sie den Ort verlassen, ohne irgendwas mitzunehmen. Selbst wertvolle Objekte und Gemälde waren noch an ihrem Platz und alles wurde bedeckt von einer feinen Schicht aus gemahlenem Steinstaub. Die Böden waren übersät mit Kieseln. Genau dasselbe wie vorhin im Wald.

Xenia stieß mit dem Fuß gegen eine silberne Dose, die hüpfend davon kullerte. Sie bückte sich und hob sie auf. An der Seite war ein kleiner Knopf, um den Deckel zu öffnen. Xenia drückte darauf und erschrak, als sich eine kleine Ballerina erhob und eine Spieluhr ein Lied abspulte.

In der angespannten Stille erschien die Musik extrem laut. Sie klappte die Spieluhr schnell wieder zu, wischte den Deckel ab und steckte sie nach kurzem Überlegen ein. Ihr Blick fiel auf einen Stoffbeutel der unweit der Dose lag. Sie öffnete ihn und holte viele bunte Murmeln hervor, die sie ausgiebig musterte.

"Was ist los?" fragte Leon.

"Die Murmeln...das kommt mir so bekannt vor..." stammelte Xenia. Sie tat die Murmeln zurück in den Beutel und nahm ihn mit.

Als sie sich dem Thronsaal näherten, hörten sie Geräusche und Leon wollte schon laut fragen, wer dort ist, als Xenia ihm ihre Hand über den Mund legte und ihm bedeutete, still zu sein.

Vorsichtig näherten sie sich der völlig zerstörten Tür zum großen Saal und spähten hinein. Was Xenia und Leon dort sahen erfüllte sie mit Entsetzen. Ein Wesen, riesig und schwarz, hockte auf dem Thron wie eine große Krähe. Es wirkte entfernt menschlich, hatte aber überlange Gliedmaßen. Und es war vollständig in schwarze Lumpen gekleidet, die ihm in Fetzen vom Leib hingen. Schwarzer Rauch stieg aus seinen Poren und waberte träge durch den Raum. Das Gesicht hatte nichts Menschliches, es war eine bleiche Maske aus Schmutz und Staub, die grimmig verzerrt ins Leere starrte.

Neben dem Thron stand der nächste Spiegel – ihr Ausweg aus diesem Trümmerfeld. Rauch floss von der Kreatur direkt in den Spiegel und er leuchtete. Eine eisige Kälte ging von dem Wesen aus. Hinter ihr liefen die riesigen Spinnen aus dem Limbo die Wände hoch. Und plötzlich begann es zu sprechen:

"Ihr seid ganz nah, geht weiter! Konfrontiert eure Ängste!"

Dann lauschte es angestrengt auf eine Antwort, aber nur ein Echo seiner eigenen Worte kam aus dem Spiegel. Erschöpft lehnte sich die Kreatur zurück und hielt sich mit einer Klaue am Spiegel fest. Die Gestalt krächzste:

"Ich erwarte dich, Xenia. So lange habe ich gewartet. Hunderte Jahre. Jetzt komm' zu mir!"

Halbblind und wie in einer Trance sah es sich um.

Xenia erkannte die Worte wieder. Es waren Danais Worte, auch wenn die Stimme im Limbo anders geklungen hatte.

"So müde..." schnarrte die Dunkelhexe und klammerte sich einen Moment schwankend an den Thron. Sie hüpfte umher wie ein großer Vogel und plusterte sich auf. Sie plapperte unablässig vor sich hin, während sie unruhig den Raum durchmaß.

"Ich zerschlage Welten! Ich zertrümmere Königreiche!" Die Hexe blickte auf den Boden vor sich und kicherte irre. "Und die Könige mit ihnen!"

Mit dem Vogelfuß scharrte sie in dem Geröll zu ihren Füßen und zog einen großen Stein aus dem Haufen. Xenia musste sich anstrengen, um es im

Halbdunkel zu erkennen. Und mit großem Entsetzen sah sie, dass es ein Gesicht war. Das Gesicht des Königs, der hier einst geherrscht hatte. Die Dunkelhexe lamentierte:

"Aber sie hat es mitgenommen! Mein Buch. Meine Kraft! Ich bin das Ende, der Tod! Aber ohne sie, bin ich nur Halb. Ich brauche sie, um wieder ganz zu werden! Sie muss zu mir kommen! Zu ihr gehen kann ich nicht! Zu schwach und mein Buch – wo ist mein Buch?"

Plötzlich regte sich Nomi in Leons Tasche und rief laut:

"Jetzt weiß ich wieder, wer sie ist!"

"Shshsh!" zischte Xenia ihn an, aber es war zu spät. Triumphierendes Geheul aus dem Thronsaal machte ihnen klar, dass sie entdeckt worden waren. Die unheimliche Gestalt erhob sich und bewegte sich hinkend aber schnell durch den Saal.

"Wer ist dort? Zeigt euch!" forderte sie.

"Was machen wir jetzt?" fragte Leon nervös.

"Wir müssen hier weg! Durch den Spiegel!" sagte Xenia und zog ihn mit sich.

Sie folgte ihren Instinkten und führte Leon außer Sicht der dunklen Gestalt. Durch einen Riss in der massiven Wand der Vorhalle gelangten sie nach draußen, in einen kleinen Raum, der voller Scherben lag. Die Kreatur schlug indessen auf der Suche nach ihnen die letzten intakten Möbel kaputt. Dann zerbrach sie einen Teil des Torrahmens, als sie nach draußen in den Regen sprang. Steinbrocken flogen über den Hof. Sie schnaubte wütend, weil sie keine Spur der beiden fand. Xenia und Leon waren um die Ecke gebogen und sahen eine Seitentür, die sie zurück in Richtung Thronsaal führte. Die Hexe stimmte ein grässliches Geheul an und rief ihre Helfer herbei.

"Wot-Wot?" klang es aus allen Richtungen und schnell versammelte sich eine ganze Armee der Wot-Wots in den Gängen und im Hof des Schlosses. Sie schienen alle aus dem Nichts zu kommen und versperrten die Eingänge.

"Wir haben nicht viel Zeit", sagte Xenia. Sie holte die Spieluhr aus der Tasche und deutete auf die Wot-Wots.

"Du darfst sie nicht berühren!" schärfte ihm Xenia ein und Leon verstand. Xenia trat aus der Deckung und warf die Spieluhr weit hinter die schreiende Hexe. Die Spieluhr schlug hart gegen einen Felsblock und sprang auf. Als die Melodie erklang suchte die dunkle Gestalt sofort nach der Quelle des Geräuschs. Und auch die Wot-Wots waren davon abgelenkt.

Xenia und Leon waren schon zurück im Thronsaal, bevor die Spieluhr gefunden wurde und der Bluff aufflog. Sie eilten weiter, doch das Monster machte einen riesigen Sprung zurück in den Saal und verstellte ihnen den Weg. Es umkreiste sie.

"Dein Bluuut!" heulte die Gestalt. "gehört mir!"

Sie schlug aus, verfehlte Xenia aber, die sich geschickt wegrollte.

Leon stand auf der anderen Seite und holte das Buch aus der Tasche. Kaum, dass Nomi die Hexe erblickte rief er:

"Danai! Was ist bloß aus dir geworden?"

Die Kreatur drehte sich um und erkannte das Buch. Ein gieriges Leuchten blitzte in ihren Augen. Kurz unentschlossen, stand sie zwischen Xenia und Leon. Er lockte sie mit dem Buch, indem er ein paar Schritte näher ging und es dabei in die Höhe hielt.

"Na komm' - hol dir das Buch, hol es dir!" lockte er sie.

Fast widerwillig machte die dunkle Hexe einen Schritt auf Leon zu.

"Leon, was machst du?" rief Xenia verzweifelt.

"Ich gebe dir eine Chance. Geh'! Von jetzt an musst du alleine weiter!"

"Leon, nein!"

"Mach dich bereit. Und dann lauf wie die Hölle!"

Er war grimmig entschlossen seinen Plan durchzuziehen. Die Hexe machte einen weiteren Schritt auf das Buch zu und streckte den Arm danach aus. Stofffetzen ihres Ärmels fielen zu Boden.

"Gib es mir! Gib her!" forderte sie.

"Jetzt!" rief Leon und Xenia startete durch. Leon duckte sich unter dem Arm der Hexe, drehte sich unter ihr weg und schnellte zurück. Er warf seine Tasche mit dem Buch darin an der Hexe vorbei, gezielt in Xenias Lauf. Sie ließ ihn beinahe fallen, konnte Nomi aber im letzten Moment noch richtig zu fassen kriegen.

Leon rollte sich unter der Hexe durch und trat gegen eines ihrer Krähen-Beine, woraufhin sie wütend zischte. Sie schlug mit dem Arm nach ihm aber ihre Faust schmetterte bloß ein Loch in den Boden. Leon rutschte auf dem staubigen Boden aus, doch seine Angst gab ihm doppelte Energie. Er rannte auf Xenia zu, die Hexe direkt hinter ihnen.

Kurz vor dem Spiegel trafen sie aufeinander und Xenia war nur Sekundenbruchteile davon entfernt, seine Hand zu greifen. Sie war schon in die Aura des Spiegels eingetreten, als Leon plötzlich von der Hexe beiseite geschleudert wurde und Xenia statt seiner Hand nur in die Luft griff. Entsetzt sah sie zu, wie Leon den Spiegel verfehlte, während sich um sie herum die Wirklichkeit auflöste.

Kapitel 17 - Eschers Alptraum II

Xenia schritt mit Nomi in der Hand durch die uns bereits bekannten Räume des Labyrinths. Sie sah bedrückt aus und legte eine Spur aus Murmeln.

"Warum sind wir wieder hier gelandet – nur diesmal ohne Leon?" fragte sie Nomi.

"Machst du dir Sorgen?" fragte er.

"Du etwa nicht? Hast du vielleicht gesehen, dass er es durch den Spiegel geschafft hat?"

"Nicht direkt", brummte Nomi. "Aber ich stecke auch meistens in deiner Tasche."

"Vielleicht findet er meine Murmelspur, dann kann er ihr einfach folgen..." hoffte Xenia.

Im nächsten Raum hörte sie Leon nach ihr rufen:

"Xenia, wo bist du?"

Das Echo seiner Stimme verhallte langsam und Xenia antwortete:

"Hörst du mich? Leon – wo bist du denn?"

Leons Antwort kam erneut aus allen Himmelsrichtungen gleichzeitig:

"Hier, ich bin hier!"

Xenia ging durch einen weiteren Raum und noch einen und als sie im dritten Raum war, hörte sie Leon ganz nah. Er rief:

"Xenia!" rief Leon. "Hier...unten!"

Sie sah zu ihm herab – oder herauf, je nachdem von wo man es betrachtete. Leon stand dort unten und blickte zu ihr auf. Xenia fragte:

"Gott sei Dank! Wie kann ich zu dir kommen?"

Leon zuckte mit den Schultern.

"Keine Ahnung! Wie ist das hier überhaupt möglich?"

Er kratzte sich am Kopf und wusste nicht, was er sagen sollte. Xenia erwiderte:

"Ich hab dir ja gesagt, dass im Limbo alles anders ist."

Sie schlug vor:

"Wir sollten einfach weitergehen, bis wir uns wieder über den Weg laufen und auf derselben Ebene sind. Ich gehe durch die Türen auf der linken Seite. Wenn du in Gegenrichtung rechts herumgehst, müssten wir uns doch irgendwann begegnen, oder?"

"Wir können nur hoffen – also hoffen wir das Beste!" sagte Leon optimistisch.

"Dann bis gleich!" !" verabschiedete Xenia sich.

Sie gingen ihrer Wege, bis sie das Echo seiner Worte erneut erreichte.

"Xenia, hier geht es nicht weiter nach rechts, ich gehe geradeaus."

Sie antwortete:

"Gut, bis gleich!"

Eilig ging sie weiter, drehte sich um und behielt ihre Spur im Auge. Sie grub in den Taschen nach mehr Murmeln, als sie rückwärts mit Leon zusammenstieß.

"Xenia! Endlich!" freute er sich.

"Leon..." sagte sie, "bin ich froh, dich zu sehen! Wie hast du mich gefunden? Bist du den Murmeln gefolgt?"

"Was denn für Murmeln?" fragte Leon.

"Na meiner Spur, die ich hier lege!"

Sie deutete auf eine Reihe aus kleinen Murmeln, die sie auf den Boden gestreut hatte. Dann begriff sie es:

"Oh, du bist Leon, ich meine – du bist der Leon von vorher nicht hinterher..." Sie legte eine Pause ein und fragte sich, ob ihre Worte für ihn irgendwelchen Sinn machten.

"Geht es dir gut? Willst du dich vielleicht kurz...setzen?" fragte Leon besorgt.

Sie musste lachen aber zugleich standen ihr Tränen in den Augen. Sie verlor ein paar Murmeln, die aus ihrer Hand kullerten.

"Entschuldige, wirklich – das ist so seltsam!"

Sie räusperte sich und blickte ihn ernst an.

"Also hör' zu: du musst weitergehen, bis du an einen Garten kommst. Es ist der einzige Garten hier, also kannst du ihn nicht verfehlen. Dort wartest du auf mich, in Ordnung? Alles wird gut, Leon!"

Er schüttelte den Kopf.

"Bist du verrückt? Ich suche schon die ganze Zeit in diesem Labyrinth nach dir. Und jetzt, wo wir uns treffen, schickst du mich weg? Warum soll ich denn dort auf dich warten, wenn wir auch jetzt zusammen hingehen könnten?"

Er musterte sie und erkannte seine Tasche in ihrer Hand wieder. Leon trug dieselbe Tasche um den Hals.

"Hey, wieso hast du meine Tasche? Ich hab sie doch selbst...."

Sie seufzte.

"Das kann ich dir unmöglich erklären. Ich muss diese Spur weiter legen! Geh' jetzt und such' nicht nach mir, sondern warte in dem Garten!"

Leon erhob Einspruch:

"Aber...ich verstehe das nicht?"

"Vertraust du mir?" fragte sie. "Glaubst du, dass ich dir helfen will?"

Er zögerte kurz, aber antwortete dann:

"J...ja – natürlich! Es ist nur..."

"Schusch!" sagte sie. "Mach es einfach. Du wirst das noch verstehen, das verspreche ich dir!"

"Das ist zwar völlig verrückt, aber ich werde tun, was du willst. Bisher hattest du meistens Recht, und ich glaube an dich!"

Er sah sich um.

"Aber durch welche Tür soll ich gehen?"

Sie sah sich kurz um und deutete dann scheinbar wahllos auf eine Öffnung.

"Diese!" sagte sie. Und: "Viel Glück!"

Sie trennten sich und Leon ging seines Weges. Sie wusste, dass er sie im Garten wiedertreffen würde. Nur war es eine andere Xenia. Sie sah ihrem Freund hinterher, bis er verschwunden war. Xenia senkte den Kopf und atmete tief durch.

"Leon, ich hoffe wir sehen uns wieder!" flüsterte sie.

Sie holte Nomi heraus, um sich mit ihm zu beratschlagen.

"Du erzählst mir jetzt erst mal, was das vorhin für ein Ding war. Wenn Leon tot ist schwöre ich dir, dieses Ding wird es auch bald sein!"

Nomi räusperte sich feierlich und erklärte:

"Woran ich mich wieder erinnern kann ist Folgendes: Dieses Wesen war die Dunkelhexe, die meinen Fluch ausgesprochen hat. Die Jahrhunderte haben sie noch mehr korrumpiert.

Als sie mich – meine Seiten – durch den Spiegel warf, muss irgendetwas schiefgelaufen sein. Sie zehrt sich selbst auf – den letzten Teil ihrer Menschlichkeit, und sie wird immer mehr zu diesem...Ding."

"Wie kann ich sie denn besiegen?" fragte Xenia. "Sie ist ja selbst ein Dämon geworden!"

"In diesem Zustand gar nicht – sie ist zu stark. Aber in dem Moment, wo sie ihre Kraft verloren hat – in dem Moment, wo sie ihre Flüche in den Spiegel geworfen hat, war sie schwach! Wir müssen dorthin zurückkehren und du musst sie bekämpfen!"

"Aber - ich kann dich nicht lesen!" widersprach Xenia. "Und wie soll das Leon helfen?"

"Ich fürchte, Leon kann sich nur selbst helfen und vielleicht hat er das auch schon getan! Du kannst nicht jede Ungerechtigkeit ungeschehen machen. Aber ich spüre, dass du zumindest dein Schicksal selbst in der Hand hast!"

"Wir spielen 'Alles oder Nichts'...nur, dass es gar kein Spiel ist", meinte Xenia.

"Das ist doch nichts Neues. Der nächste Sprung wird unser Letzter sein. Danach werde mich hoffentlich wieder an alles erinnern!"

"Ich weiß! Und ich glaube dir." nickte Xenia. "Es tut mir nur so leid wegen Leon."

"Darüber machen wir uns später Gedanken. Alles zu seiner Zeit!"

"Na schön", gab Xenia nach. "Und wie finden wir den nächsten Spiegel?"

"Ganz einfach: du legst weiter Murmeln aus und gehst nicht durch Türen, wo wir herkommen!"

"Und was ist, wenn mir die Murmeln ausgehen?" fragte Xenia düster.

"Du brauchst Vertrauen, Xenia! Glaube daran, dass alles gut wird. Du hast dazu die Kraft, das weiß ich!"

"Ich hoffe, du hast Recht!" seufzte Xenia und machte sich wieder auf den Weg.

Sie kreuzte noch mehrmals die eigene Murmelspur aber kam schließlich in einen kleinen, fensterlosen Raum, der einzig vom Licht des Spiegels erhellt wurde.

"Endstation!" sagte sie.

"Das ist das Ende und der Anfang!" erwiderte Nomi feierlich. "Der letzte Spiegel, das spüre ich. Bist du bereit?"

"Bereit für was?" fragte Xenia.

"Die ganze Wahrheit! Dieser Sprung wird sie enthüllen."

"Ich will, dass es endet." gab Xenia zu. "Wahrheit oder nicht, ich bin bereit!"

"Dann geh' hindurch und halte mich nah bei dir!"

Mit dem Buch in ihrer Hand ging Xenia durch den Spiegel.

Kapitel 18 - Das Schloss

Sie fand sich im Schloss wieder. Xenia erkannte die Mauern und die Art der Ornamente, aber noch waren sie frisch und neu und nicht kaputt und zerschlagen, wie bei ihrem vorherigen Besuch. Sie stand im Ankleidezimmer der Königin und betrachtete sich kurz in den vielen Spiegeln im Raum, dann fiel ihr Blick auf die versteinerte Frau, die auf dem Bett lag.

"Ich - ich weiß, wer das ist!" sagte Xenia.

"Wer denn?" fragte Nomi und sie antwortete:

"Ich...kenne sie!"

Sie strich mit dem Finger über die kühle Wange der Figur und spürte dort eine Träne, die zu Stein geworden war. Ihr Finger leuchtete wie sonst nur der Spiegel und die Träne löste sich vom Stein. Sie wurde wieder real und fiel zu Boden.

"Wie habe ich das gemacht?" fragte Xenia erstaunt und Nomi sagte nur:

"Mit deiner Magie..."

Brandgeruch lag in der Luft und um einen Teil der Schlossanlage wehte dunkler Rauch. Xenia zerriss ein Laken, befeuchtete es und schwang es sich um den Kopf. So schützte sie sich gegen den dichten Rauch.

Es waren Dutzende Wot-Wots im Schloss unterwegs, aber Xenia kannte ihre Gegner und wusste, wie sie ihnen ausweichen konnte. Schnell fand sie die Tür zum Thronsaal wieder und schlüpfte vorsichtig und unbemerkt hinein.

Drinnen entdeckte sie die Hexe, die zu diesem Zeitpunkt noch nicht so schwerfällig war. Xenia ging hinter einem umgestürzten Holztisch in Deckung und beobachtete sie. Die Hexe wirkte noch nicht wie eine große Krähe, sondern sah noch menschlich aus. Sie schien mit jedem Schritt zu wachsen und Xenia erinnerte sich, dass die Dunkelhexe bei ihrer letzten Begegnung fast doppelt so groß gewesen war wie jetzt. Ihr schwarzes Gewand war noch nicht völig zerrissen und man erkannte entfernt ein Ballkleid darin. Sie ging unbeholfen wie auf Stelzen unruhig durch den Thronsaal und wisperte vor sich hin. Überall im Saal lagen Steinbrocken und versteinerte Gestalten, die mit dem Schwert in der Hand auf die Hexe zu gestürmt waren, bevor ihr Fluch sie erwischte.

Wütend schlug sie den ersten Ritter und seine steinerne Krone fiel neben seinem Schwert zu

Boden. Sie ließ einen schauerlichen Schrei los und schrie:

"Wo ist sie? Wo ist mein Blut?"

Xenia holte Nomi aus der Tasche, damit sie sich beratschlagen konnten.

"Wir sind da, siehst du? Erinnerst du dich an was?" flüsterte sie.

Nomi betrachtete die Szene schweigend, dann antwortete er:

"Wir sind zu spät, sie hat mich schon auseinandergerissen und die Seiten verstreut."

"Aber, wie kann das sein?" fragte Xenia. "Was sollen wir jetzt machen?"

"Du musst näher herankommen. Vielleicht fällt mir noch etwas Anderes ein!"

Xenia nickte, steckte ihn zurück und nutzte jede Deckung, um näher zu kommen. Ab und zu warf die Dunkelhexe einen misstrauischen Blick umher, doch noch entdeckte sie die beiden nicht. Stattdessen setzte sie sich müde auf den Thron. Xenia und Nomi kauerten hinter einer zerbrochenen Säule.

"Was soll ich jetzt bloß machen?" fragte Xenia.

"Sieh!" antwortete Nomi.

Aus einer Falte ihres Kleides holte die Hexe Nomi hervor und begann darin zu blättern. Er lag in ihrer Hand und die Aura der Hexe glühte rot, als sie die Beschwörung sprach. Der Spiegel begann zu schweben und glühte vor magischer Energie. Während Xenia zusah was passierte, fiel ihr Blick auf ein kleines Mädchen im Nachthemd, das sich vor der Hexe hinter eine Holzbank in der Nähe versteckt hatte und dort zu Stein geworden war. Xenia erinnerte sie an jemanden, aber sie kam nicht darauf, an wen. Die Hexe war in Trance und Rauch stieg aus ihren Fingern und formte sich zu Schlangen, die sich wie Ranken um ihre Arme wanden.

"Wenn du nicht zu mir kommst, hole ich dich eben zu mir!" kicherte die Hexe irre. Sie schickte ihre Schlangen wie Fühler durch den Spiegel. Und immer, wenn sie ein Dutzend hindurch geschickt hatte, wuchsen die nächsten Schlangen aus dem Rauch. Das Getöse schien ihre ganze Aufmerksamkeit zu beanspruchen, so hörte sie zum Glück nicht, was Nomi sagte.

"Jetzt weiß ich es! Du musst sie wecken!" erklärte er.

"Schsch, leise!" warnte Xenia. "Wen wecken?"

"Das Mädchen. Die Prinzessin!" er schielte in Richtung des versteinerten Mädchens.

"Aber wie? Das kann ich nicht!" protestierte Xenia. "Und warum überhaupt?"

"Natürlich kannst du es", sagte Nomi, "So wenig Vertrauen hast du! Du glaubst, eine Steinträne wieder zum Leben zu erwecken sei etwas Geringeres, als den ganzen Menschen aufzuwecken."

Xenia seufzte und probierte es. Sie schloss ihre Augen. Und während sie sich konzentrierte, begann Nomi zu glühen. Ihre Kraft verband sich und schoss als grelles Licht aus Xenias Fingerspitzen. Sie öffnete ihre Augen und strengte sich an, fokussierte all ihre gemeinsame Energie auf die Steinprinzessin. Und die Statue begann zu glühen und leuchtete hell auf, bevor der Stein rissig wurde und dann mit einem Schlag in tausend Stücke zersprang. Die Prinzessin stand vor ihnen und jetzt erkannte Xenia sie.

"Das bin ja...ich", sagte sie fassungslos.

Das Getöse, das die Hexe mit ihrer Beschwörung machte, hatte sie blind und taub für die Umgebung werden lassen. Sie las weiter laut vor und schlug die Buchseiten fieberhaft um. Mutig sprang die kleine Prinzessin auf und riss der Hexe das Buch aus der Hand. Als sie ihr Nomi abnahm, sprang ein Stromschlag aus magischer Energie auf das Mädchen über. Und es folgte eine Explosion aus blendendem Licht. Die Wucht der magischen Explosion erfasste die beiden und sie stießen einander ab und flogen durch die Luft. Mit dem Buch in der Hand wurde die kleine Prinzessin rücklings durch den Spiegel geschleudert, bevor die Hexe ihren Spruch beenden konnte. Die Dunkelhexe flog gegen eine Wand und musste mit ansehen, wie sich der Spiegel vor ihr schloss. Die Schlangen verschwanden. Sie lösten sich in Luft auf.

"Neeeein!" schrie sie und wollte hinter dem Mädchen durch den Spiegel stürzen, da hielt sie etwas fest.

Ein Fangspruch aus weißer Magie hielt sie gefangen und sie musste mit ansehen, wie sich das Portal schloss und der Spiegel stumpf wurde. Die Dunkelhexe stemmte sich gegen den Sog des Spruchs und drehte sich vor Wut schäumend um.

Xenia schritt langsam und mit hell leuchtenden Augen auf die Hexe zu. Ihre Fingerspitzen glühen vor Magie, während sie die Dunkelhexe festhielt. Ihre Finger wirbelten durch die Luft und sie rief die vier Dämonen beim Namen:

"Entropy, Auris, Cabinda, Furtiva!" hallte es durch den Saal.

Auf jeden Namen folgten ein Blitz und Donnerschlag und die Hexe zuckte jedes Mal zusammen. Xenia rief Worte in einer ihr fremden Sprache, die sie jetzt wie angeboren beherrschte. Nomi in ihrer Hand blätterte von selbst um, während Xenia rasend schnell die Zauber las. Die Sprache der Magie bildete eine helle Aura um sie herum, während die Dunkelhexe ihr gegenüber alles Licht zu verschlucken schien. Doch die Hexe hatte sich gefasst und wollte die Kontrolle zurückgewinnen.

Wütend stemmte sie sich vom Steinboden hoch und schüttelte den Fangspruch mit einem Gegenzauber ab. Sie machte ein paar Schritte auf Xenia zu und zeigte auf sie.

"Du, Prinzessin, gehörst mir! Du wirst mir die Unsterblichkeit schenken!"

Xenia zögerte und die Hexe lauerte auf eine Lücke in ihrer magischen Barriere, fand sie und schickte eine Schlange hindurch, deren Biss Xenia nur knapp verfehlte.

Nomi feuerte sie an:

"Du besitzt jetzt mindestens die Hälfte ihrer magischen Kräfte. Vielleicht sogar mehr...und du hast mich!"

Die Hexe kreischte wütend:

"Was habt ihr mir angetan?"

"Du bist schwach", rief Nomi, "das hast du dir selbst angetan!"

Die Hexe lauschte einen Moment lang ungläubig, dann lachte sie schallend los.

"Ich bin schwach? Ganze Königreiche konnten mich nicht besiegen!"

Sie stakste auf Xenia zu:

"Gib' mir mein Buch!"

Die Dunkelhexe streckte ihre klauenartige Hand danach aus. Xenia umklammerte Nomi schützend. Die Hexe lächelte höhnisch. Groß und düster stand sie vor ihr.

"Und jetzt sieh zu, was dir dein Widerstand bringt! Glaubst du etwa du bist sicher, in deiner kleinen Magie-Blase?"

Sie holte zum Schlag gegen Xenia aus.

Ihre krallenartige Hand fuhr durch die Luft, doch bevor sie zuschlagen konnte, hielt sie etwas fest.

Die orange-behaarte Pranke von Gobinda hielt die Hand der Hexe eisern umklammert. Mehr noch, er schleuderte die verblüffte Hexe quer durch den Raum und gegen die Wand. Dort wartete Furtiva, die große Füchsin, auf sie, biss ihr in die Schulter und wurde dann wieder unsichtbar.

Die Hexe schlug nach ihr, aber Auris blendete sie mit seinem Licht und sie stolperte blindlings rückwärts. Entropy sprang ihr zwischen die Füße und die Dunkelhexe schlug der Länge nach auf dem Boden auf. Cabinda warf sich in Affenart auf sie und trommelte mir seinen Fäusten auf ihren Rücken. Die Hexe war wütend genug, um sich eine Blöße zu geben. In ihrer Aura klaffte ein Spalt auf und sie nahm ihre magische Deckung fast völlig herunter. Nur eine hauchdünne Schicht aus dunkler Magie blieb ihr.

Dann schleuderte sie mit einer wirbelnden Geste eine Kugel aus dunkler Magie in den Raum. Die schwarz leuchtende Sphäre bewegte sich sehr schnell und traf den großen Affen. Für einen Moment schloss sie ihn komplett ein. Er machte keinen Mucks mehr und als die dunkle Kugel verblasste, fiel Cabindas Maske scheppernd zu Boden. Mehr blieb von ihm nicht übrig.

Xenia nutzte die Chance und sprach mit Nomis Hilfe einen mächtigen Zauber gegen die Hexe. Das reine Licht ihrer weißen Magie verzehrte die Schwärze der Dunkelhexe. Entropy, Auris und Furtiva kamen ihr zur Hilfe und bissen die Hexe, die sich nur mühsam wehren konnte. Sie ließ Steinbrocken schweben und schleuderte sie in ihre Richtung. Aber Xenia lenkte sie beiseite und sie fielen harmlos zu Boden. Blitze fuhren der Hexe aus den Fingern und schossen auf Xenia zu, doch sie prallten von ihrem magischen Schutzschild ab und schlugen irgendwo im Raum ein.

Die Dunkelhexe erschöpfte ihre magischen Kräfte und Auris durchbrach ihre letzte Deckung und hackte auf sie ein. Die anderen beiden Dämonen stürzten sich auf die Hexe und gaben ihr den Rest. Jedes Mal, wenn sie angriffen, nahmen sie der Hexe einen Teil ihrer Kraft. Die Dunkelheit verließ sie, Stück für Stück. Sie wehrte sich vergeblich und blieb bald, ihrer ganzen magischen Kräfte beraubt, auf dem Boden liegen.

Xenia fiel auf die Knie. Sie rief die Dämonen zurück ins Buch und klappte Nomi zu. Erschöpft kam sie wieder auf die Beine und schritt auf die Hexe zu. Sie kniete sich neben ihr hin.

Mühsam sah ihr die Hexe in die Augen und der Fluch der Dunkelhexe fiel gänzlich von ihr ab. Sie wurde wieder menschlich. Wie Rauch stiegen die Partikel schwarzer Magie in die Luft und verpufften. Plötzlich lag dort eine schöne Frau in ihrem zerrissenen Ballkleid. Sie griff schwach nach Xenias Hand.

"Du hast mich erlöst...danke!"

"Delia?" fragte Xenia, "Es tut mir so leid!"

Die Dunkelhexe hauchte ihren letzten Atem aus und lag zu Xenias Füßen. Da stieg ein helles Licht aus ihrem Herzen auf und dehnte sich aus. Xenia wich davor zurück, als ein Blitz aus der Lichtkugel schoss und sie mitten ins eigene Herz traf. Sie schrie vor Schmerzen und sank erneut zu Boden. Nur langsam erlosch das Licht wieder und Xenia rappelte sich mühsam auf.

"Was...ist...passiert?" fragte sie.

"Wir haben gewonnen!" triumphierte Nomi.

Xenia fiel es wie Schuppen von den Augen.

"Aber, wenn ich die Prinzessin bin, dann ist der König mein Vater und die Frau auf dem Bett vorhin - die Königin – meine Mutter! Wir müssen sie wecken!"

Sie wollte schon zurück in die Gemächer der Königin eilen als ihr Blick auf die steinerne Krone am Boden fiel. Xenia hob sie auf und gab ihr Energie, bis sie sich wieder in Gold und Edelsteine verwandelt hatte. Auf dem Boden lagen die Fragmente des Königs und seiner tapfersten Ritter.

"Kann ich sie auch...retten?" fragte sie Nomi.

Traurig erwiderte das Buch:

"Ich fürchte das kann nicht einmal ich reparieren."

"Aber meine Mutter – sie war unversehrt. Schnell!"

Xenia lief wie der Wind und stürzte in das Schlafzimmer und blickte sorgenvoll auf die Statue der Frau. Sie hob das Laken hoch und warf den Schutt vom Bett, so dass die Königin vollständig zu sehen war. Sie war tatsächlich unversehrt und Nomi sagte:

"Ihr Name ist Uta, soviel weiß ich noch. Aber du kannst sie nicht wecken. Jedenfalls noch nicht!"

"Warum nicht?" wollte Xenia wissen.

"Ich habe keine Kraft mehr und du könntest bei dem Versuch alleine sterben."

"Was sollen wir denn dann tun?"

"Nimm' sie mit!" schlug Nomi vor. "Du willst doch wieder nach Hause, oder?"

"Und du kommst auch mit?" fragte Xenia erstaunt.

"Wir sind jetzt aneinander gebunden", erklärte Nomi."Soweit ich weiß, bist du die einzige Weiße Hexe und rechtmäßig, nun ja...gehöre ich dir."

EPILOG

Xenia landete etwas unsanft aber immerhin auf ihren Füßen direkt im Schuppen von Glen's Wunderland und vor dem Spiegel, durch den sie ihre Reise begonnen hatte. Die Tasche mit Nomi baumelte ihr von den Schultern. An einem dicken Seil zog sie die sorgsam verpackte Statue ihrer Mutter hinter sich her. Xenia hatte sie übervorsichtig wie ein riesiges Wollknäuel verschnürt. Kaum hatte sie sich den Staub von ihrer Hose geklopft, hörte sie Onkel Glen nebenan poltern.

"Verdammt nochmal, bin ich etwa hingefallen?" stöhnte er. "Xenia!" rief er. "Wo bist du?"

"Ich bin hier", antwortete sie. Onkel Glen kam auf die Beine und sah sie verwirrt an:

"Hast du eine Ahnung was gerade passiert ist? Ich muss mir den Kopf gestoßen haben oder so was", murrte er.

Xenia umarmte ihn mit aller Kraft.

"Schön wieder hier zu sein!" sagte sie seufzend.

Er tätschelte ihr den Rücken mit der flachen Hand.

"Hey, willst du mich erdrücken?"

Lachend lösten sie sich aus der Umarmung.

"Und das ist der Spiegel, den du mir unbedingt zeigen wolltest?" fragte er.

"Das ist er!" sagte Xenia und Glen meinte:

"Wunderschön, da hast du wirklich ganze Arbeit geleistet! Aber was ist das?"

Er deutete auf das Knäuel aus Bettdecken und verschnürten Polstern.

"Das ist etwas, woran ich noch arbeite!"

"So, so", sagte er. "Willst du noch ein Sandwich? Ich geh' wieder rein und mach' uns welche! Und dann feiern wir. Im Gefrierfach ist noch Eiscreme!"

"Ja, das klingt wirklich gut!" seufzte Xenia.

"Kommst du mit?" fragte er und hielt seine Hand hin.

"Gleich!" sagte sie. "Ich will noch kurz Luft schnappen! Geh schonmal vor!"

Er ging wieder ins Haus und schloss die Tür hinter sich. Xenia trat auf den Weg und sog tief die kühle Nachtluft ein, als sie die Scheinwerfer auf dem Feldweg bemerkte.

Ein großer Wagen näherte sich. Eine schwarze Limousine. Die Limo hielt direkt vor ihr an. Eine

Chauffeurin stieg aus und öffnete die hintere Tür für sie. Trotz der nachtschlafenden Zeit trug sie eine große Sonnenbrille.

"Sei so gut und steig' ein, Xenia!" bat sie höflich.

"Wieso?" fragte Xenia verblüfft. "Und woher kennst du meinen Namen?"

Stumm reichte ihr die Chauffeurin ein Stück Papier. Es war ein Zeitungsausschnitt. Auf dem Foto erkannte Xenia Cabindas Maske wieder. Es handelte sich um eine Auktion, wo die Maske versteigert werden sollte. Sie stöhnte:

"Hört das denn nie auf! Woher hast du das?"

"Steig' ein, dann bekommst du deine Antworten", versprach die Chauffeurin. Sie hielt die Tür einladend offen. Xenia rollte mit den Augen und nahm Platz.

"Ich hoffe, du hast Snacks an Bord!"

"Klar doch!" sagte die Chauffeurin. Sie grinste und schloss die Tür.

Sie fuhren über eine Stunde lang umher, und Xenia verlor jede Orientierung darüber, wo sie waren. Die Fahrerin war ebenfalls verstummt. Schließlich endete der Weg vor einem stattlichen Landhaus mit einem Garten, groß wie ein Park. Der Wagen rollte die Auffahrt hoch und hielt an. Die

Chauffeurin stieg aus und zeigte Xenia den Weg. Gemeinsam betraten sie das Haus.

Über einen steril wirkenden Flur mit Linoleumbelag, der durch mehrere transparente Vorhänge vom Rest des Hauses getrennt war kamen sie zu einem Krankenzimmer.

Im Schlafzimmer stand ein großes Krankenbett, das von lauter blinkenden Maschinen umstellt war. Im Bett lag ein alter Mann, das Gesicht hager und mit einem feinen Bart, die Haare grau. Aber seine Augen leuchteten auf, als Xenia den Raum betrat und auch sie erkannte ihn sofort wieder:

"Leon!" rief sie und stürzte auf ihn zu. Sie warf sich ihm um den Hals und er musste sie bremsen.

"Langsam, langsam, ich bin nicht mehr ganz so stabil wie früher!"

Die Chauffeurin legte Hut und Brille ab. Leon richtete sich an sie und sagte:

"Danke, dass du sie hergebracht hast!"

"Ich verstehe nicht." sagte sie. "Woher wusstest du, wann ich wieder zurück sein würde? Und warum bist du...alt? Was ist passiert?"

"Ich wusste es nicht. Aber du bist heute verschwunden und da ahnte ich, dass unsere Reise begonnen hat! Und nun bist du am selben Tag wieder zurückgekehrt, als wäre nichts geschehen. Verrückt, oder?"

"Du hast mich beobachten lassen?" vermutete sie.

Er griff ihre Hand.

"Nur, damit ich weiß, dass du in Sicherheit bist!"

"Aber, was ist mit dir passiert? Wie bist du entkommen?" fragte Xenia.

"Ich dachte, das war's jetzt für mich! Aber kaum warst du fort, verschwand auch die Hexe. Einfach so – wie heiße Luft. Ich konnte gerade noch hinterher springen, bevor sich der Spiegel schloss. Wieder heraus gekommen bin ich im Jahr 1952. Keine Spur von dir. Und ich war offiziell tot, gestorben bei meiner ersten Expedition in Ägypten. Nur ein weiterer waghalsiger Archäologe. Dadurch konnte ich ganz neu anfangen. Und ich habe mein Wissen genutzt, um Gutes zu tun – oder besser gesagt: um Böses zu verhindern!"

"Wie meinst du das?"

"Artefakte. Relikte. Magische Gegenstände. Die Welt ist voll davon. Es gibt sie überall und in allen Formen: Zaubersprüche, Zepter, Runen, Tempelschätze. Meine Aufgabe wurde es, diese Objekte in Sicherheit zu bringen, damit sie nicht in falsche Hände gelangen."

"Und warum hast du mich herbringen lassen?" wollte Xenia wissen.

"Erstmal, um dir wieder zu begegnen! Zweitens, um dir zeigen zu können, was wir hier machen. Meine Enkeltochter führt den Weg weiter, den ich mit dem Institut begonnen habe. Du hast sie schon kennengelernt. Sie verkleidet sich gerne, aber tatsächlich ist sie unsere beste Schatzjägerin." Er winkte die Chauffeurin herbei.

"Hallo, ich bin Delta!" stellte sie sich vor.

Xenia erstaunte und schüttelte ihre Hand.

"Deine Enkeltochter? Was plant ihr beiden mit mir?"

"Ich möchte, dass du uns hilfst.", antwortete Leon.

"Mit Cabindas Maske?" fragte Xenia.

Leon nickte.

"Ich will, dass du die Maske für mich ersteigerst. Du und Delta, ihr müsst zusammenarbeiten, damit sie nicht wieder in die falschen Hände fällt!"

Xenia setzte sich auf das Bett.

"Erstmal musst du mir jetzt alles ganz genau erzählen!" verlangte sie. "Ich will alles wissen!"

Leon sank müde zurück ins Bett.

"Du zuerst!" verlangte er.